顏擇雅中西學養豐厚，加上長時間從事一人出版，勤於閱讀，廣泛吸收新學新知，練就一支專業獨到，犀利無比的筆，一方面，顏似乎完全不怕掉書袋，除了文史部分旁徵博引，又積極援引當代人會感興趣的經濟學及社會學入文；另方面，大雅不避俗，從國際時事到本土八卦，她也都朗朗上口，因切入點及穿透力過人，文章跌宕有姿，讀來處處充滿驚喜，堪稱新品種散文作家。

——楊澤

向康德學習請客吃飯

顏擇雅 著

目錄

第一輯

第二輯

第三輯

第一輯

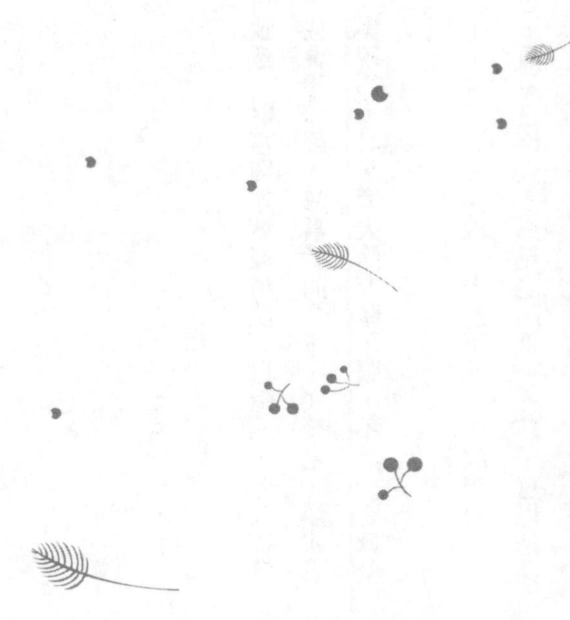

美貌是修行

美貌給人優勢，最大特色即一目瞭然。財富與才智沒辦法一目瞭然，因此需要徵信調查、學歷認證，本人也忍不住會想炫耀。炫富者開名車、住豪宅，炫才者爭取講座教授、文藝獎章之頭銜。美貌卻不必，旁人除非瞎了眼，不然一定感受其威力。

只要看看「沉魚落雁」成語的演化，就可洞知美貌之力道不凡。典故來自〈齊物論〉：「毛嬙麗姬，人之所美也，魚見之深入，鳥見之高飛。」莊子意思是美沒什麼大不了，雖能奪人之目，遇到魚鳥就沒轍。後來意思卻顛倒過來，變成震力大得把魚打沉，鳥則翅膀瞬間麻掉，飛一半掉下。

威力既馬上又直接，當然就大大提高其他人（不具美貌者）的競爭門檻。美貌製造的不平等是近年人權重要議題，英文說 lookism，字很新，大概三十年前才冒出，這歧視卻由來已久。《史記》說澹臺滅明（字子羽）：「狀貌甚惡，欲事孔子，孔子以為材薄。」幸好去楚國講學，名震諸侯，孔子才自承錯誤：「吾以貌取人，失之子羽。」

孔子若生在今日，大概會調侃自己：「我是外貌協會的。」同一協會還有巴黎知名的喬治餐廳（Le Georges）。二〇一三年，其離職員工爆料，說餐廳帶位以貌取人，俊男美女才享有頂級座位，相貌平平則只能帶到隱密角落。老闆巡店時，若窗邊有誰外表礙眼，就破口罵人：「是誰讓那醜八怪坐那裡？」

其實老闆的歧視並沒孔子嚴重。孔子以貌取人，剝奪了澹臺滅明的受教權，打破「有教無類」原則，這位老闆並沒要剝奪誰的用餐權，他只認為醜人不該給大家看而已。餐廳位於龐畢度中心頂樓，窗景想必可圈可點。因此這差別待遇亦有其貼心一面：客人望向窗外，要的是悅目景觀，庸容俗貌豈不敗興？大才子或超有錢，坐那裡誰看得出，只看到你長得抱歉而已。

問題來了：老闆憑什麼知道服務生的審美標準等於他的審美標準？還有四方來

客的審美標準？

審美標準一向主觀，我的一目瞭然並不等於你的一目瞭然。那麼，集眾人之主觀，是否就等於客觀？想想《一般就業理論》十二章虛構的那場選美比賽，凱因斯要解釋股匯期市的價格波動，就想像選美主辦單位是一份報紙，登出六張美女照，要讀者票選最美的一位，票數最高者，其投票者有資格抽大獎。

這樣的規則，讀者投票時一定不是投給他判斷最美的那位，也不是投給他揣摩一般人心目中最美的那位。嚴格說，讀者是投給他揣摩別人所判斷之一般人心目中最美的那位。風吹草動都能影響這揣摩，股匯期市因此價格常在波動。

服務生以貌取人是應老闆之要求，而老闆之目的又是悅所有來客之眼目，那麼服務生帶位時，想的一定不是他自己判斷的美醜，也不是他揣摩的一般人心目中的美醜，而是他揣摩老闆所判斷的一般人心目中的美醜。他自己認定澹臺滅明不醜，或老闆講一句「澹臺滅明好耐看」，都不構成澹臺滅明坐窗邊的理由。但如果老闆講一句「好多人說澹臺滅明變好看了」，就另當別論。

孔子認證過的醜男亦可能變好看，這不是怪譚。像《莊子》、《列子》、《韓非子》都有收的這則故事：楊朱到宋東，投宿旅店，老闆有妾二人，一美一惡，

「惡者貴而美者賤」，大概是醜的坐櫃台收錢，漂亮的卻必須洗髒床單。楊朱問為什麼，老闆說：「其美者自美，吾不知其美也；其惡者自惡，吾不知其惡也。」這是「情人眼裡出西施」的具體化。西施東施，全憑看的人有情無情。不愛了，西施就打回原形變東施。

查理王子應是「宋東逆旅」最有名的現代版。黛安娜豔色天下重，查理偏偏不知其美。全世界都嫌卡蜜拉姿容，查理就是不知其惡。查理的一目瞭然，真的迥異於你我。

左拉有一故事〈陪襯人〉，寫的就是如何把你我的一目瞭然變成像查理那樣，也把非美女看成準美女。故事中的商業奇才觀察到，美醜其實是襯托出來的，女人只要身邊的女人比她醜，姿色即可大大加分。於是他廣搜醜女，論小時出租，只要上門客戶不要醜到不可方物，都可租到為其面貌增色的「陪襯人」。

左拉一定有觀察到，美貌雖能聚焦眼球，眼球卻很容易上當。也許大家覺得卡蜜拉不美，是拿她跟黛安娜比？如果跟德國總理梅克爾比呢？同理，如果查理是為了奧黛莉・赫本而背叛婚誓，我們就算依然同情黛安娜，還會覺得她豔冠群芳嗎？

可見，美貌與非美貌之間很難劃出界線。美貌應給本人不安全感，鄒忌問妻妾「我孰與城北徐公美」是正常的。相較之下，財富就沒主觀客觀的問題，不會帶來類似的不安全感。很難想像哪個富翁會問：「魔鏡啊魔鏡，請問誰是世上最富有的人？」

這點，才智倒是跟美貌比較像。海明威應該也會問身邊女人「我有沒寫贏契訶夫」吧。問題是，這種不安全感可以是一種鞭策，才智也可透過努力而日日精進，美貌卻努力不來。這就是東施的悲劇，她努力的如果是財富，是才智，別人會誇她有志氣，知道要見賢思齊，標竿學習。只因她努力的是面貌，就是大笑話。

西施努不努力都是西施，當然可坐享特權，餐廳最好的座位之類。德州大學奧斯汀分校經濟學家漢摩米希（Daniel Hamermesh）就曾拿出統計數字，指證俊男美女享有時薪更高、貸款利率更優惠、犯罪量刑較輕，特權遍及各層面。

不過一般人心目中美貌帶來的最大特權，應該是在愛情與擇偶。最多人為她（也可能是他）一見鍾情，為她輾轉反側。她有最大自由，去選擇要不要眼神接觸，要不要笑笑婉拒再補一句：「我爸管超嚴。」如果嫌麻煩，也可以選擇擺出

「你想都不用想」的表情。

這特權的另一面，就是她沒做什麼，卻惹出一堆怨氣，愛慕者望而卻步的怨氣。葉慈有詩〈為吾女祈禱〉，詩名祈禱，好幾段讀來卻像討伐天下美女的檄文。詩中說，願女兒長大普通美即可，不要美到炫目。美女既然麗質天生，贏得感情不必付出，因此常失去仁厚之心。他舉海倫與維納斯為例，說明美女最易任性，挑來挑去挑到笨蛋與跛子。

葉慈這樣寫，只說明他心胸真小，久久不原諒他迷戀過的美女。但詩又說，許多男人曾被美貌所惑，但到頭來總會愛上和善可親的女性，與之相廝相守。這就點出美貌的另一包袱：贏得最多一見鍾情的另一面，就是看到最多愛過自己的人移情別戀。一大堆曾為美女形容枯槁的男人後來都在婚姻找到幸福，在事業找到人生的追求。

美女能怎樣？是她做的選擇。最好她不要三心二意，因為曾有最多可選的另一面，就是日後將有最多理由回想：選另一個會不會更好？

這時她應已不是美女了。這是美貌不如財富與才智的另一點：不能累積，只能消逝。那過程極舒緩，魔鏡不可能有一天突然宣布：「今天起別問了，你不是美女了。」

偏偏，也不能趁消逝之前轉贈出去，或傳給小孩。財富就可以，身外之物就是這點美妙。才智雖也不行，但至少可拿來創造，可以寫出《戰爭與和平》，可以畫出〈夜巡〉。

這麼說來，跟財富與才智比起來，美貌其實最像生命。它與人一體，屬於人又不受人支配，是禮物也是包袱，而且必朽。人都知道自己會死，只是不知何時。美女也知朱顏必改，也是不知何時。

差別只是人死一切皆忘，朱顏改卻記憶猶在：那些破碎的誓言，那些明明認得卻假裝不識的街頭照面！

往壞處想當然心寒，往好處想卻是別人抄《金剛經》百遍也難得的領悟。葉慈詩中只說迷戀美色的男人終究會癡久生智，卻沒想到心上人讀他這詩，連為初生女祈禱也要抒舊怨、貶情敵一番的詩，應該會生出更大智慧。

她會意會：被一見鍾情是一種修行，被衣帶漸寬終不悔是一種修行，被怨是修行，被放下也是修行。她沒為美貌做過什麼，但美貌卻為她的人生某一階段帶來多到爆棚的選項，偏偏勾選的時間也沒比較多。勾完，其他都是修行了。

棒球靈魂學

不小心轉台至棒球賽，第一印象往往是它的靜。不理看台的喧囂，棒球簡直靜得不像一種運動。籃球、足球、曲棍球看的是整時段的連續動作：人不停的攻，球不停的東西南北飛。棒球看的卻是時刻而不是時段，是中斷而不是連續。球飛出去是中斷，在投手與捕手的手套之間來去才是連續。靜，占去一場球賽的絕大部分。

球未被擊出，球員只能各就其位孤單的等待。在這裡，棒球和《舊約．約伯記》很像，主題都是人的孤獨。千金散去，子孫妻女死光光，約伯孤伶伶跌坐塵土，朋友的安慰卻句句割裂他的心。棒球員亦一樣孤獨，雖然有很多隊友，球場上人與人之間的距離卻很遠。

棒球也強調人必須進步，別無選擇。籃球、足球、曲棍球的人可以整場跑，打棒球卻沒那麼自由，必須循一條線，一壘二壘三壘，准進不准退。就算你安於現狀，只想固守原來的壘包，後面的隊友卻會逼你跑，就算跑的結果是刺殺甚至雙殺，十分無情。

棒球還講究責任感，講究到冷血的地步。籃球、足球、曲棍球的一群人衝上去搶球，誰沒搶到並不會留下紀錄，就算眾人皆搶你不搶，也隨你便。棒球卻不行，是誰的守護機會，是誰沒接到球，都會一一記下，每個錯誤都會跟著球員一輩子，多少汗馬功勞也不能抵銷，就像古代罪犯要在臉上刺字一樣。但這樣也有好處，既然人人都犯錯，犯錯就不那麼可怕了。

失意的約伯可以跌坐塵土中，以一串華美的詩句詛咒自己的誕生，被殺出局的棒球員雖然也是屁股著地，卻必須站起來，拍拍球衣上的塵土，然後走出球場。他知道，如今觀眾對一個失敗者的背影並沒興趣。跌倒了爬起來，在棒球場上實在太尋常太不值一提了，可知天底下的勵志書對棒球來說都是廢話。哪有什麼別的球類，我們會重複看一個個球員頹然離場呢？

所有的球賽都是不能預測的，棒球偏能預測一項，就是至少將出現五十一名失敗者。因為只有棒球，一局的終始不是計時，而是計算出局人次。再怎麼光芒四射的球員也是出局比奔回本壘多很多。所以失敗真的沒什麼大不了。發生的事就是發生了，人生還要繼續。

但所有的失敗與成功都是果，抉擇才是因。揮不揮棒是抉擇，把球傳給哪一壘是抉擇，該投好球壞球慢球快球直球還是變化球也是抉擇。球員不能說：「我不願抉擇。」棒球令我們發現，原來人生也是由無數的抉擇時刻組成，你還在逃避，卻沒意料到逃避也是抉擇，後果由你承擔。

接殺三振安打，我們在瞬間看到球員承擔抉擇的後果。當然有人失敗就有人成功，但棒球也教人不必把成功看得那麼了不起。籃球、足球、曲棍球都像兩軍對壘，像戰爭家家酒，棒球卻一點也不像戰爭，是九人防守一人。除非你打的是全壘打，一棒揮出所有壁壘應聲而垮。

偏偏，全壘打王最常被接殺了，這是棒球給英雄開的玩笑。英雄必須常常懷疑自己是狗熊，他最常被隊友拋上天空，也最常要承受隊友失望的眼神，渴望鑽入地底。

所以撇開全壘打這種特例，棒球就很像警察捉小偷了。打者把球擊出就開始他的逃亡，奔回本壘（英文說 home plate）就是回家，成功的得分者只是一個歷盡滄桑渴望回家的倦客，一點都不英雄。

棒球的確不英雄。籃球、足球、曲棍球的得分都和英勇有直接關係，得分的人是神射手是英雄，棒球卻沒直接關係。打點者往往不能奔馳得點，棒球教我們流汗耕種，收成則讓別人去享受。棒球教我們重視過程，而不是結局。

說結局不重要是假的，哪有人不想要成功的？只是球賽是由一系列抉擇的時刻所組成，你必須全神貫注寵辱皆忘，才能在瞬間做出正確的抉擇。瞬間即將來臨之時，得失心只會讓你分心。那一刻過去，成敗已經發生，只是你要面對的現實而已。

防老十方

大家都怕老，都想防老。要防老，就必須先搞清楚：老是什麼？哪裡可怕？為什麼要防？說起老的可怕，可以數出十種。

一是醜。年老色衰並不只是女人的問題。王爾德筆下，看到自己肖像而心如刀割，怨嘆為何肖像將永保姿容，本尊卻該變醜的，是男人格雷。再看好萊塢一代美男子勞勃．泰勒，演《茶花女》時雙頰何等飽滿，雙唇何等鮮潤可親，四十出頭演《圓桌武士》的藍斯洛，卻已眼神陰霾，眼袋鬆垮，雙頰凹陷了，乍看還以為他在演巫師梅林。

所以老了變醜，是男女皆然。這一點上面，防老即防醜，許多人的做法是去拉皮、打脈衝光。但這要看運氣，整型失敗的悲劇也時有所聞。有人雖然整型成功，但也只能變美一時，期限過去就臉型怪怪的，反而讓人看了不舒服。

較好的做法，是效法那些以自然方式「老而美」的，像珍·古德，像患帕金森症還以《金池塘》在奧斯卡獎四度封后的凱薩琳·赫本。她們雖然紅顏已老，皺紋畢露，智慧卻帶來年輕時不曾有過的氣質美，別具丰姿。

二是病。很反諷，醫學進步並沒縮短人類生病的時間，反而把它延長了。以前治不好的，現只要去鬼門關前走一遭就好，但回來也不復健康又有活力，只能慢慢衰朽下去。醫學就像希臘神話中的黎明女神，只能為情人提桑諾（Tithonus）帶來長生，卻不能給他不老。所以，老就變成拖過一年算一年的一場病。

美國名醫作家許爾文·努蘭在《死亡的臉》書中說，許多人的死因都是老，偏偏死亡證明卻不准醫生在死因欄寫這一項，一定要寫什麼心、肺、肝、腎衰竭之類的。其實，人老了，肉體哪處不慢慢衰竭？吃養生食品、打太極、游泳，其實並不可能真防老，只是防某些病變而已。肉體的衰朽過程因此被盡量拉長，把最痛苦那段延後再延後，縮短再縮短。最好延到百歲後，歷時僅僅三秒。

老既變成一場久病，很自然的，看醫師就變成許多老人的最重要出門理由。

蘇斯博士有一本小書《你只會老一次》，故事講的就是上醫院的一天，驗這驗那驗好久，每驗完一項還必須等下一項等半天，都驗完了則要填長長表格，但最長的，還是醫院寄來的帳單。

台灣雖有全民健保，幫老人省下許多醫療開銷，但一旦只靠養老金過日，掛號費也會成為大負擔。常言道「養兒防老」，主要指的正是這第三點可怕：窮。問題是，君不見年輕卡奴何其多，子債父還已是尋常事，許多老本都這樣「養兒害老」化為烏有。要在這一點上面防老，只能趁早努力賺、努力存。還有更重要的，是要在兒女手伸長長跟你討錢買這買那時，心一橫拒絕，請他自己打工賺錢。但這一點，華人父母好像都很難做到。

《BJ單身日記》的女主角覓偶無成，最大恐懼就是孤獨死去，被人發現時已被餓昏的愛犬啃掉半邊臉。其實，就算結婚生子，也不能保證將來不會做獨居老人。夫妻誰要先走很難講。至於子女，這年頭講全球化，所謂的飛黃騰達，是真的坐飛機到處飛的，過年有回來看老人家就不錯了，怎還可能「父母在不遠遊」？那麼老的這第四種可怕，孤獨，該怎麼防？

兩種辦法：一是年輕時就學會和自己相處，不要去大陸做台商台幹就心癢癢包二奶；二是不可以為朋友總是舊的好，要敞開心胸交新朋友，越交越年輕，老了就可坐擁忘年之交。這樣既可知年輕一代在想什麼，也不會「訪舊半為鬼」了。朋友當然不能陪你吃睡，但至少有個照應，也能做聊天的對象。

老的第五點可怕，蠢，是有科學根據的。腦專家發現，年過四十，腦的體積重量每十年就減百分之五。難怪年紀一到就越來越健忘，吸收新知的能力也越來越差。

但要如何解釋，怎麼智者都是老人呢？磁共振掃描提供的答案，是人老雖然腦會萎縮，左右腦的協調卻反而更佳。年輕的腦是各部門各司其職，熟年的腦卻各部門互相支援，所以跨領域的思考力、釐清複雜糾葛的判斷力都會變好。年輕時也許記憶力較佳，提出洞見的能力卻往往上了年紀才會變好。例如，至今全世界在討論隱私權與言論自由時最常引用的文件，就是美國史上最偉大法官布蘭迪斯（Louis Brandeis）七十歲後寫的意見書。

當然，洞見也需要知識累積，因此重點是趁年輕把握腦力，拚命求知。如今知識取得管道已變多，大學也歡迎社會人士回去上課。楊振寧只能娶一位翁帆，中老年人重回校園，卻可以跟好幾位翁帆同窗切磋，保證有益防老。何樂而不為？

公車過站不停，站牌旁往往是老人。銀行拒發頂級卡，年過七十也可以是原因之一。歧視無所不在，這是老的第六點可怕。聖人如孔子亦不能免俗，他罵「老而不死是為賊」，針對的原壤只是「幼而不孫弟，長而無述焉」而已，說穿了，就是沒出息。不是作奸犯科，憑什麼挨如此毒罵？

這讓人想起英國十七世紀劇作家米道敦（Thomas Middleton）的《誅老法律》（*the Old Law*），說某小國新立一法，男人年過八十，女人六十，統統誅殺無論。今村昌平的《楢山節考》也是，說日本某窮村男女年過七十，都應丟去深山餓死。虛構作品不是真有其事，但至少反映出嫌老具有普世性。

要防這一點，老人應多多關心自身權益，不要幾千塊老人年金就被騙走選票。最好是效法美國的退休人協會（AARP），組織起來，不只拿放大鏡檢視政府和企業對老人是否尊重，也以全世界發行量第一大的雜誌《現代熟年》（*Modern Maturity*）塑造銀髮族的生活風格和權利意識。

很多人老了變得易怒，凡事看不順眼。這就是老的第七點可憎：壞情緒。最具代表性的是莎翁筆下的李爾王：小女兒說的話他不中聽，就咒天怨地罵空氣，劇終他死了，脾氣也發完了。一切都從他辦的那場「說說你們誰最愛我」的拍馬屁比賽開始。

孔子說，人老了「戒之在得」，這個「得」就是李爾王那超級旺盛的得失心。莎翁寫《李爾王》時已快退休，同時其他作品也都在思考老年這個課題，如《暴風雨》、《辛白林》、《冬天的故事》，主角都是經歷大半生大怒大苦大仇，垂垂老矣則都喜遇大和解。這些作品教我們，防老就要懂得放下，別像李爾王那般計較。

辛棄疾「老來情味減」，指的是第八點可憎：空虛。李清照那闋〈聲聲慢〉：「尋尋覓覓冷冷清清悽悽慘慘戚戚」十四個字，真寫透了老年的百無聊賴，時間過特慢。詞中也提到病與孤獨，不過看這句：「梧桐更兼細雨，到黃昏，點點滴滴」，就會覺得還好嘛，至少耳力還是好的。

在今天，如果耳力足以聽清楚雨的點點滴滴，應該可聽貝多芬《田園交響曲》打發黃昏。若眼力也好，就可以多看幾遍《大國民》，或讀讀《戰爭與和平》。但如果你不如李清照幸運，耳力不足以聽音樂，眼力也不足以看DVD或小說，那怎麼辦？一個辦法，是趁耳力眼力都好時，把好聽的音樂、好看的電影都享用到熟爛，牢牢嵌入記憶，到老時就可以在腦中反覆播放，回味無窮。

人老了難免要靠別人，這對很多人來說相當艱難。我就聽過一名八十老婦，明明摔倒在地爬不起來，兒子來電問安，偏說一切都好，而兒子就住隔壁而已。許多人不服老，不服的正是這一點：失去自主。

這種不服老往往激勵人加倍想要證明自我，做出種種可敬甚至可愛的事，像七十歲還登聖母峰的三浦雄一郎。但有人的不服老卻有點可惡，像不聽醫生勸一定要自己開車，終於撞到人。其實，人老了有時不該太恥於受人之助。要做到這一點，最好趁年輕就養成助老的習慣，輪到自己老了要靠別人，就不會太彆扭了。

又有人服老服得徹底，竟把「我現在不過是在等死」掛嘴邊。沒錯，老的第十點可怕，就是近死。托爾斯泰筆下的伊凡伊里奇在盛年往生，同事聽說都慶幸，想說：「是他不是我。」但等年紀漸老，聽聞同輩噩耗，感受一定變成：「這次是他，下一個可能是我。」

近死卻不等於等死，最好的做法是接受「近死」這事實，與它和平相處。這樣，反而可以把每一天都當作上天的禮物。畢竟，不管體貌如何衰朽，總有許多樂趣是活著才能享受，如冬陽，如夏天的肥美芒果。只因近黃昏，就不理夕陽無限好，損失的是自己。何必虛擲光陰在等死懼死？

其實，除非先走一步，老只是人生的一個必經歷程，是不可防也不該防的。隨之而來的種種可憎或不方便，有的可防，有的則防不甚防，頂多就是加以控管。但「養兒防老」這話則絕對騙人。一來自私，太不尊重下一代，彷彿下一代本就應該為你而活。二來是想得太簡單，彷彿老只是有誰養你的問題。

老從來就不簡單。老法可說因人而異，要看體質、性格、環境、運途，沒兩人一模一樣的。防老方式當然也該有百百種，儲蓄、打坐、用腦、熱心公益都算。但總歸一句，防老一定要靠自己，而且要趁年輕，千萬不可臨時抱佛腳。

亞歷山卓的傾城之戀

一對世故的中年男女相戀，因為世故，所以猶豫，兩三番欲言又止，到頭來連曾經擁有都沒有。王家衛《花樣年華》情節大抵如此。

一對世故的中年男女相戀，因為世故，所以打一開始就各有打算；女的打算便利婚姻，男的卻只打算幽會便利。不期然太平洋戰爭開打，露水緣成了好姻緣。這是張愛玲《傾城之戀》。

一對世故的中年男女相戀，因為世故，所以講效率，從見面、銷魂到永別總共只歷時四天，用短廝守換來長相思。這是羅伯．華勒《麥迪遜之橋》。

再來，看看莎翁筆下的中年世故之戀吧。

安東尼身為羅馬三巨頭之一，卻長年在亞歷山卓羈留，與埃及女王克蕾佩脫兩情繾綣。他對心上人掏心掏肺，說此愛永不渝，但話總被堵回來：「就不信你不回羅馬去。」羅馬有會等他開，有公文等他批，有他的髮妻。說穿了，羅馬代表責任，代表百務纏身。

沒空，正是中年人談戀愛的頭號障礙。青春男女了不起補考重修，感情誤了功課又怎樣？可是到了中年，損益帳一個小數點，廚房中一袋垃圾，只要戴上責任的帽子，統統可磨壞感情。麥迪遜的農婦是無閒階級，所以不可隨攝影師遠走高飛。范柳原一介多金商人，更是無閒，若不是遇到香港陷落這種特殊狀況，他和白流蘇還是未定之數。

安東尼又賭誓道，即使回羅馬，他的心也留在亞歷山卓，還是此愛永不渝。話又被堵回來了，「使君已有婦，」克蕾佩脫說：「你與別的女人已有婚誓在先，如今又跟我賭誓，可見你這人的誓言都不算。」這是中年人談戀愛的第二個障礙：歷史問題。

春秋鼎盛再墮情天恨海，誰背後沒有一段負心史？連理枝、比翼鳥那種盟誓並不用花多少時間，光這些唐明皇沒必要從此不早朝。但如果楊貴妃也像埃及女王，一口咬定他對別的寵妃一定也說過同樣的話，逼得唐明皇像安東尼那樣，趕忙坦白交代，從前都不算不算，從前是年少無知，對你才是真的等等，可能話未畢就要被踢下床，「等你愛上下一個，一定會把我也一筆勾銷。看你對舊人，就知道你將來怎麼對我了！」這廂當然只有辭窮的份，越辭窮卻越要費唇舌，喋喋到天亮從此不早朝。

至於白流蘇，一開始就看準范柳原是說慣謊的，才讓范柳原躲過自打嘴巴的許多尷尬。

克蕾佩脫的邏輯果然正確，負心者的再犯率總是很大。安東尼畢竟回了羅馬，為了政局安穩，馬上做出負心事，娶政敵屋大維之妹為妻。但沒有愛的婚姻畢竟脆弱，他很快就回到克蕾佩脫身邊，兩人攜手與屋大維決戰。戰況正有利，安東尼卻看見心上人的船艦掉轉，他心頭閃過一絲猜忌，猜忌克蕾佩脫一定做了對不起他的事，一時鬥志盡失，種下敗因。所以，負人者恆疑人將負之，連自己都不相信的人，當然不可能相信別人。而中年戀愛要越過的第三個障礙，正是不相信。

范柳原從不說不結婚，只說不相信人可以自己做得了主。兩情可否長久乃天機不可洩露，只能選擇相信或不相信，不能選擇知道或不知道。麥迪遜的農婦如果選擇和攝影師在一起，感情可否禁得起考驗就會見真章，而選擇不在一起，就等於選擇不必去知道。反正她也沒做任何犧牲，所以她不必多心。她相信就是。

翻遍莎士比亞全集，還真找不到安東尼如此不英雄的死法。他誤以為克蕾佩脫已死，一心以身相殉，遂懇求身邊的部屬殺他。手下卻一刀砍向自己，搶先殉主。安東尼自慚連手下都不如，才帶愧以身就刀，卻傷而不死，只是倒在地上，乞求來來往往的路人甲乙丙補他一刀，讓他死得痛快些。

但大家只是你一言，我一語，指指點點，「那是誰？安東尼嗎？快看快看。」讓他兀自在地上搗傷呻吟老半天。其實，克蕾佩脫還活得好好的。這就是莎翁筆下的中年之戀：因為世故，才有許多猜忌背叛和挽回。愛得轟轟烈烈，死得凌遲示眾，城傾得莫名其妙。

在某個程度，亞歷山卓的陷落可說是成全了克蕾佩脫。她的安東尼若沒付出大代價，沒輸掉本該屬於他的羅馬一千五百年帝國大業，他與賈珍賈璉，與那些在中國包二奶的台商有什麼差別？

張愛玲說，也許就因為要成全白流蘇，一個大都市傾覆了。

至於《花樣年華》的那一對，雖沒有任何城市為他們傾覆，電影卻也是以一座傾覆的城作終。男主角以觀光客的身分去到傾覆已經不知幾百年的吳哥窟，把臉埋進斷垣殘壁，動嘴不知說什麼，總是些地老天荒的話吧。也許就因為要他缺憾到地老天荒，一座傾覆的城荒廢在那裡。他的遺憾，只有傾城能懂。

但是更多年華無復花樣的觀光客則是到麥迪遜去。靠一本小說，這小郡賺到好大的觀光收益。只相處四天而已，怎能看出兩人能否地老天荒？好多讀者卻都被感動了。他們逛完一座橋又一座橋，拍照，買馬克杯做紀念。因為這許多意外之財，可以想見，麥迪遜居民一定會好好保管維護這些橋，一座也不讓它荒廢。

從雷峰塔到摩天樓

「再不見雷峰，雷峰坍成了一座大荒冢！」徐志摩為湖畔的倒塔寫下欷歔驚怖的悼詩，同時魯迅卻冷言冷語，問道：「莫非他造塔的時候，竟沒有想到塔是終究要倒的麼？」

紐約世貿中心的設計者山崎（Minoru Yamasaki）當初造塔的時候，絕沒想到他那聳立大西洋濱的摩天雙塔會倒，而且是如此的倒法。不然，他不會說他要將世貿雙塔獻給世界和平，因為要有和平，才能貿易。如今因為九一一，紐約世貿坍成一座大荒冢，世界依然繼續貿易，但我們已不再確知什麼是戰爭，什麼是和平。

塔名世界貿易，但貿易的內容卻非關我們傳統認知的貨物。二次大戰後，紐約一帶的製造業幾全遷移至土地、勞工較便宜之處，曾為世界第一大的紐約港盛景不再，而且還羈絆了曼哈頓的發展。當局於是以再建設為名，剷平港埠，等到七三年雙塔落成，憑著當時最先進的資訊管理設施，果然吸引來許多金融、保險、房地產業者進駐。航道、鐵路被網路取代了，標誌著紐約從工業時代進入後工業時代。以是之故，紐約世貿才會有「二十一世紀的第一座建築」之稱。很反諷的，如今它大概要改稱為「毀於二十一世紀戰爭的第一座建築」了。

事實上，紐約世貿在美國建築史上的地位應該說是終點，而不是起點。因為在它與晚兩年的芝加哥席爾斯大廈之後，美國就不再蓋世界第一高的摩天樓了。曾屬於紐約世貿的「世界第一高」這個封號，目前是在吉隆坡，兩年後等上海的環球金融中心落成，就會暫時輪到上海，直到再過兩年，北京世貿落成為止。中國正流行造塔，而且是世界第一高的塔。

代表舊中國、舊思維的雷峰塔是在七十幾年前倒掉的。差不多同時，遠在法國的建築大師柯比意（Le Corbusier）曾經提議，將巴黎都心剷平，代之以十八座六十層高的摩天樓群。他認為，一座都市沒有摩天樓群，街巷必擁擠零散，不適合行車。而且，房屋就是用來住的機器，只要樓層多，裝的人就越多，省下來的土地可以闢成綠地、廣場和快速道路，構成他心目中充滿陽光和空氣的效率烏托邦。七十年來，巴黎卻還是原來的巴黎，市中心好不容易豎起了一座摩天樓蒙帕納斯，卻讓巴黎人嗤之以鼻，怪這煙囪般的龐然黑柱破壞了鄰近原來濃厚的文藝氣息。如今，反而是在雷峰塔的國度，柯比意烏托邦終於找到大規模的實驗場。不到十年，上海就蓋了兩百多座高逾九十公尺的摩天樓，數目之眾，排名世界第四，僅次於紐約、香港、芝加哥。

美國在紐約世貿、芝加哥席爾斯之後就無心再為都市的肩膀加高，有純經濟上的考量。兩座建築完成後即遇到石油危機，摩天樓雖然省地，卻很耗能，保管維修所費不貲。何況在資訊時代，遠距溝通的成本越來越低，再無必要把那麼多人都蟻聚在同一棟樓辦公。所以稱紐約世貿為「二十一世紀的第一座建築」本來就值得商榷，因為二十一世紀看來並不需要那樣的鋼骨哥利亞。

中國多的是土地，如今熱衷於把整條街朝天空豎起，顯然不是為了經濟，而是和恐怖分子一樣，也是看上摩天樓的圖騰價值，卻不質疑摩天樓是否適合新世紀。上海如今的建設已是美侖美奐，再不能套用魯迅論雷峰那句「有破壞卻未必即有新建設」。只是，把摩天樓這樣大蓋特蓋，蓋好卻不見得有用，不知柯比意在中國的徒子徒孫，什麼時候才會學到美國在許多小型柯比意實驗後所得到的發現：有建設也未必有人來住或來用。

中國文學中最有名的烏托邦構建者，大概就是《列子．湯問》中的愚公。他自信滿滿：「雖我之死，有子存焉，子又生孫，孫又生子，」一代代都照著老祖宗的意思辦事。他不能想像，子孫有可能會喜歡上那兩座山，喜歡上山居歲月，也可能山不移我移，乾脆搬家到山的另一邊。選擇有很多，愚公卻只看到他自己那種，覺得他那種最崇高，只知道「有志者事竟成」，卻不知「人各有志」，不會都依循規畫者的意志，這是烏托邦構建者共通的單眼病。

相信「直線比曲線道德」的科比意嚮往一律剷平重建，眼中全無空間的歷史記憶，這是他的單眼病。撞毀世貿雙塔的恐怖分子的單眼病則更嚴重，連生命價值都看不見了。瘋狂行為的背後，是「要建設就必須破壞」的理性主義直線史觀。就好比居住空間並不能靠橫橫豎豎幾條直線汰舊換新，人的歷史也不是像愚公「子又有子，子又有孫，子子孫孫，無窮匱也」那樣，一條直線進步再進步，舊去新來。

徐志摩雖然清楚「這塔是鎮壓」，是封建的圖騰，為雷峰悲悼是不理性的，但他就是要悲悼。魯迅〈再論雷峰塔的倒掉〉直陳，歷史中多的是徒然的破壞，是無新建設的瓦礫場，不只舊去新不來，還可能舊去舊再來。他們倆都體認到人性與歷史中的不理性成分。如果愚公們也能看到這點，就會明白為什麼崇高卻往往釀成虛耗，血汗白流一場。若愚公們把單眼病一直患下去，那二十一世紀大概就要災又有災，災又有難，災災難難，無窮匱也了。

薛西佛斯上班去

需要工作又怨工作，是現代的一種人間條件。工作既然源自天怒，合當惹來人怨。且看《舊約．創世記》，上帝將亞當夏娃逐出伊甸園，對男人說：「你要終生辛勞，才能生產足夠糧食。你得汗流滿面才吃得飽。你要工作到死，然後歸於塵土。」古希臘赫西俄德（Hesiod）在義理詩〈工作與時日〉也說，原本人做一天就溫飽一年，是普羅米修斯盜火種，犯上天，全人類連坐挨罰，才必須終年辛勞。心不甘情不願的勞動十足是凌虐，果然法文「travailler 工作」語源正是拉丁文「tripaliar 酷刑、凌虐」。

當然也有少數不知凌虐何在。他們說，我工作即興趣，能發揮所長，表現受肯定，薪水還足以吃米其林美食配美酒。針對家庭的托爾斯泰名言套在工作上好像也通：幸福的工作都是一樣的，不幸的工作各自有各自的不幸。怨言千千百，別說異口不同聲，常常同一人隔天就換一種：昨天怨沒休假，今天怨無薪假。

卡繆視工廠、辦公室中的謀生者為現代薛西佛斯。的確，工作的種種可悲，薛西佛斯幾乎占齊了。推巨石上山，推到山頂立即滾落，如此周而復始，永遠做不完，聽不到掌聲，領不到報酬，只憑意志體力苦撐。

不過，薛西佛斯的懲罰最可怕也最貼近打工族的一面，卻不在其辛苦，而在其沒變化，沒意義，沒前景。孟子以舜、傅說、膠鬲打過的工為例，主張：「天將降大任於是人也，必先苦其心志，勞其筋骨，餓其體膚，空乏其身。」問題是，絕大部分的農夫、版築工、魚鹽販心志再苦，筋骨再勞，天也不會降什麼大任，至少不是孟子心目中那種。如此說來，孟子對工農販就是似褒實貶了，他承認勞苦眾生也有偉大的可能，卻不可能偉大在其勞動果實。不管耕種出來的米粒如何香甜，蓋的房子如何美觀堅固，經營的店鋪如何童叟無欺，不轉行都不算「大任」，只算沒前途的薛西佛斯，流的汗水沒有意義。

麥當勞一九九九年曾推一支形象廣告，與孟子「天降大任」論頗有異曲同工之妙。廣告中，青少年笑吟吟遞送奶昔漢堡，每位都以箭頭說明，誰是「未來的醫師」，誰是「未來的工程師」。麥當勞彷彿承認，自己提供的是壞工作，毫無前景，只能當作正式職涯之前的一段過水。

麥當勞這廣告是為了回應外界對「McJob」的負面印象。字頭Mc正是麥當勞，中文不妨譯為「麥工」，卻不單指麥當勞的工作。這是喬治華盛頓大學社會學家伊茲歐尼（Amitai Etzioni）一九八六年的新鑄字，汎指八〇年代服務業擴張而大舉冒出的低薪、低技能工作。超商、超市、餐飲店只要是連鎖，都有一套標準化作業系統，店中工作就成了「麥工」。只負責上架下架刷條碼，收多少錢、找多少錢、送什麼贈品，哪些貨該補該退，機器都會指示。孟子的話「勞心者役人，勞力者役於人」應該改了。麥工不勞心也不勞力，卻必須役於機器。

如今役於機器的工作可多了，已不限於服務業。像電子產品代工就需要大量麥工，卻不標榜員工是未來的醫師、工程師。工時超長，吃住都在工廠，隨時要配合加班，怎允許你來打工賺學費？

卡繆將工人、上班族擬為薛西佛斯那年是一九四二，當時哪有麥工？薛西佛斯如果活在今日，首先放眼望去應有千百巨石，上山流程也應切成千百段，薛西佛斯只負責其中一石之一小段。石來自何方，之後又將滾去何處，他一概不知。山頂有何風光，更不該希冀。再來，因為一切程序都標準化，他也不該赤手推石，而是眼看螢幕，手操遙控桿。他尤其不該有少掉他巨石就無法滾動的妄想，不過他既然與幾萬推石工一起孜孜，料他也不至於生出這種妄想。

這麼說來，薛西佛斯享有一樣東西是現代大多數工作者沒有的，就是人格尊嚴。薛西佛斯是一人一石一完整流程，人動石動，人止石亦止，除了必須上山下山，不然完全自主，速度、動作、路線都隨他變化。奧維德《變形記》還說，樂神奧斐斯赴陰間拯救亡妻，彈琴歌唱，樂聲實在神妙，連薛西佛斯也不禁倚坐巨石傾聽入神。有些人明明錢多事少離家近，依然要抱怨工作，缺的就是這種自主。

其實也不只是現代，人只要進入體制，像古代官僚制，就有尊嚴受損的問題。李商隱寫「走馬蘭臺類轉蓬」，就是形容官場身不由己，來一陣風就在半空亂兜幾圈，不及落地又吹來另一陣風。韓愈短文〈藍田縣丞廳壁記〉寫縣丞這工作，名義上是副縣長，卻有名無實，常要忍受部屬臉色，手還要被抓著簽這簽那。文中縣丞崔斯立為了爭一點尊嚴，就利用上班時間對松吟詩，誰來煩他就說：「余方有公事，子姑去！」

現代人讀〈藍田縣丞廳壁記〉會感嘆，偷懶為什麼不擔心丟飯碗？古代太不講效率了。讀白居易也有類似感受，他集中最多諷諭詩，寫百姓如何累死也吃不飽，也最多閒適詩，寫自己一邊做官一邊彈琴喝酒，逗小孩玩，「終歲無公事，隨月有俸錢」。一種解讀是這樣沾沾自喜好糟糕，另一種解讀是反正不能施展，炫耀閒適就成了維持尊嚴的最直接方式。

梅爾維爾短篇〈錄事巴托比〉也是怠工換尊嚴的故事。主角的工作是抄寫校對，很像唐朝校書郎。白居易當校書郎時沾沾自喜寫道：「三旬兩入省，因得養頑疏。」巴托比卻骨子硬極了，只願抄寫不願校對，直接說「我不願意」，整篇這樣跟老闆講不下二十次，連離開辦公室也不願意，逼老闆只好自己換辦公室。結尾巴托比死了，算是維持住尊嚴，卻留給老闆莫大的不快樂。

〈錄事巴托比〉的地點是華爾街（Wall Street），小說中反覆出現牆（wall）的意象。有牆不代表巴托比可以效法崔斯立、白居易，躲在牆後搞「吏隱」或「中隱」。牆代表資本主義的疏離，代表人際互動不該放感情。小說中的老闆之所以不快樂，正因為自己也與資本主義格格不入。如果他對巴托比沒那麼仁慈，第一時間就炒他魷魚，小說就沒故事了。

疏離的確是工作引來抱怨的一大原因。疏離有其好處，對事不對人，就不會有太多情緒，但卻違反人性，因為誰都希望被關懷，而不只是被關心工作進度。但要怎麼對抗疏離？一種方式是公社，戰國許行就提出這種主張，「賢者與民並耕而食，饔飧而治。」白話：菁英群眾一起耕田一起吃飯，吃飯時順便商討公事。這樣大家一定如兄如弟，但缺點可多了：大家吃不好穿不好，一起過苦日子。而且人人納入集體，哪有任何自由？像巴托比那樣愛講「我不願意」，在資本主義還有另謀高就的選擇，在集體社會則非勞教不可。

另一種方式，是根本不對抗疏離，而是加入它。這樣做起來並沒聽起來那麼難。社會賢達不都勸人熱愛工作嗎？只要熱愛工作到某個程度，人就可以製造疏離了。佛洛斯特一九三四年詩作〈泥濘時節二流浪漢〉，說自己四月天正享劈柴之樂，卻來了兩位流浪漢，站在那裡看著他，沒明說，樣子卻擺明是指望他讓出工作，好讓他們賺得片時溫飽。最後一段，詩人思索自己如何不願將熱愛與工作分開。許多評論家以為這詩是在批評小羅斯福「新政」，認為政府根本不該為了救失業而製造沒意義的就業。考雷（Malcolm Cowley）還因此筆誅佛洛斯特，說他沒心肝，為了自己享樂，沒雇那兩位臨時工。其實詩的結尾看不出詩人有沒雇那兩人，詩人只是點出熱愛工作會害人輕忽別人需求而已。事業有成者往往不是好丈夫、好爸爸，就是這道理。

熱愛工作卻有個確定的好處，就是得到尊嚴。在佛洛斯特另一首詩〈雇工之死〉中，主角幫農家打零工為生，賺錢都拿去喝酒，但他綑紮疊放的草料堆總是平整無人能及，即使是別人眼中的粗賤工，仍充滿自傲，不覺自己有矮大學教授一截。

如果〈雇工之死〉是寫來讚頌工作之愛帶來尊嚴，卡夫卡短篇〈絕食藝術家〉就比較像在質疑這尊嚴值幾文。主角的專業是表演絕食給大家看，經紀人每次只讓他表演四十天，他覺得受辱，因為他可以絕食更久。後來大眾沒興趣看了，他就與經紀人拆夥，去加入馬戲團，盡情表演他四十天依然不停的絕食。但是既然沒人盯著看，誰相信他沒偷吃？誰在意？結局當然只有一種可能：他餓死了。

跟薛西佛斯一樣，絕食藝術家做的也是毫無意義的工作。差別是薛西佛斯是挨罰，只能默默承受，絕食藝術家則熱愛工作，自願生死與之。《神曲》亦有一段，對辛勤工作充滿質疑。在地獄第四層，一群亡靈正承受類似薛西佛斯的刑罰。他們胸抵巨石，彼此胡碰亂撞，不停繞同一圈圈。在但丁筆下，地獄刑罰往往是生前造孽之延續，這群亡靈既然墮入推石永劫，可見生前一定勤奮過人。那他們生前犯什麼罪？原來是貪財與豪奢。但丁彷彿是說，辛苦應與需求成正比，辛苦超過需求，就是不義之財，活該下地獄繼續從事無意義的勞動。

也許但丁不知世上有追求卓越這種人，也許世道已變。如今貪財者早已無需辛勤，只要買房養房就夠了。如今勤奮走火入魔的大多不是貪財，而是貪功，像卡夫卡的絕食藝術家。套用勵志書的語言，就是自我期許極高。

再怎麼樂在工作，自我期許也會變成許多人的痛苦源頭。拚命挑戰能力極限，遲早挫敗。如今有誰在職涯某個高度不會碰到天花板，意識到自己志有餘而力不逮的天花板？這一點薛西佛斯幸運多了，山不加增，山頂亦不見前面還有更高山，他不必面對失敗。

失敗者不必天生懷抱雄心壯志。小村醫師包法利先生原本平淡過日，只是耳朵軟，禁不起鄰居與妻子慫恿，要他探索新知，要他濟世救人，他才會多事去幫瘸子的腳開刀。結果瘸子整條腿化膿，必須鋸掉，包法利的婚姻也完了。可知，再怎麼安分守己，也不免要面臨志大才疏的挫折。

講到志大才疏而受挫，最有名的神話就是伊卡魯斯。父親戴達魯斯建完迷宮，離不開克里特島，遂以蠟黏羽自製翅膀，父子倆插翅同飛上天。沒想到伊卡魯斯貪功，飛太高，烈日炎炎把蠟曬到融化，人就掉下去了。

通常畫家畫伊卡魯斯，一定是選羽散人墜，父親在旁愛莫能助那一刻。法蘭德斯畫家布魯各（Pieter Bruegel the Elder）畫的卻是少年已經墜海，要仔細看才會看到遠方海面露出兩隻細白小腿，顯眼處則是一名農夫埋頭耕田。英國詩人奧登在布魯塞爾看到大受震撼，寫下名詩〈美術館〉，說畫中小孩從天上掉進海，大家卻依然過日子，可見世間對苦難一貫冷漠。不過，布魯各的主題應該不是冷漠，農夫若發覺有人墜海，一定也大呼救人的。畫家應該只是想歌頌平平實實的工作。建迷宮、插翅飛天是何等「大任」，與之相較，種田人的才志何等微小。然而雄心壯志的摔死了，種田的依然種他的田，渾沒聽見撲通濺水之聲。

其實，農夫一旦全神貫注，忽略的何止是少年墜海？〈擊壤歌〉：「日出而作，日入而息，鑿井而飲，耕田而食，帝力何有於我哉？」這是先秦民歌，所以「帝」指的不是皇帝，而是天帝。怪哉！天帝掌管澇旱寒暑，農民拜天都來不及了，怎說帝力何有於我哉？也許農民這麼唱，只是在形容工作一卯足勁，就常常忘記天的無常，人的渺小。這不表示他們熱愛工作，也不是不抱怨工作。既然工作是必然，他們就全心投入，如此而已。

卡繆寫道，薛西佛斯走下山時，他意識到自己處境的荒謬，並接受命運的必然，「一切就是這樣」，抱著這種認知，他是快樂的。卡繆沒寫，在薛西佛斯推石上山時，他一定全心投入，就算天上掉下小孩也渾然不覺。此時他不能說快樂，也不能說不快樂。至於他下山，也就是今天所謂的下班，只要可以怨一下工作給老婆聽，而老婆又懂得不勸他另謀他就，因為她清楚抱怨背後的潛台詞正是「一切就是這樣」，只是耐心聽，這時薛西佛斯必然是快樂的。

向康德學習請客吃飯

後人為康德編全集，包含論著、筆記、書信、講義，加起來多達二十九鉅冊，可見著述之勤。然而，他性格卻一點都不斯巴達，打窮書生時代起就很喜歡跟朋友吃喝，有時喝太多還會找不到路回家。中年成名後荷包漸滿，就改在家擺桌請客，常要將那顆寶貴的做學問腦袋騰出來斟酌菜單。他只吃午餐，每天都招待友人，日久招待出心得，就把大段的請客須知寫進他七十四歲出版的《實用人類學》一書。

這一段放在書中第三部〈論欲望能力〉的結尾，標題相當偉大：「最高道德兼自然之善」。不就是請客吃飯嗎，與善何干？而且還是最高之善？原來，康德所謂的「自然」是指與生俱來的需求，像是餓了吃飯，「自然之善」譯成白話就是「大快朵頤一頓」。「道德」則指與任何需求利益都無關的義務，可指對他人的義務，例如尊重，也可指針對自我的義務，例如增長智慧。說請客吃飯符合道德之善，正意謂樽俎間天南地北的交談最有益進德修業。套用孔子的語言，就是「君子以飯會友，以友輔學」。

也就是說，康德高舉請客吃飯為「最高道德兼自然之善」，講明白就是他把吃飯當作一種幸福指標。他天天請客吃飯，正是為了追求他心目中的最高幸福。

想想好像沒錯，光看人一生中飯局餐聚的質與量，的確可以判斷這人的幸福程度。不管哪個面向，不管是友情、工作、婚姻還是財富，憂患哀樂好像都可以用吃飯來衡量。就說財富好了，財富對吃飯的最直接影響，就是有錢才吃得起高檔餐廳，才可常常請客。雖然好吃不必高檔，但財富畢竟能帶來選擇自由，可選擇餐廳檔次，請誰不請誰，多常請。有錢人不會像《儒林外史》中的王太太，偶爾被請一次就事隔多年還在四處張揚，張揚自己親身體驗過「喫一看二眼觀三的席」。

再說婚姻，夫妻的融洽程度好像也能看吃飯品質。幸福婚姻的飯吃起來總是特別香。《浮生六記．閨情記樂》就有一段，芸娘愛吃乳腐和滷瓜，沈三白覺得這兩樣都最噁心，虧她是在吃狗食。於平常人這是莫大侮辱，於神仙眷侶卻是打情罵俏。芸娘說反正我就是愛吃，三白繼續笑罵她簡直把這家當狗窩，把他當狗丈夫，芸娘就順勢回道：「妾作狗久矣，君試嘗之。」逼三白也吃一口。沒想到做丈夫的才掩鼻吃一口就覺脆美，從此也愛上乳腐和滷瓜，自己也莫名其妙。芸娘解釋：「情之所鍾，雖醜不嫌。」八字道盡伉儷情篤之可羨。

至於不幸婚姻，光一起吃飯就足以傷感情了。福婁拜筆下的包法利夫人最受不了先生飯後以舌舔牙的模樣，也聽不得他的喝湯呼嚕聲。愈是共餐，就更受不了婚姻枷鎖。

工作順心與否，與飯局更是習習相關。跟誰吃飯代表跟誰吃得開，所以《孟子》中那位齊人才會拿飯局來驕其妻妾，而他只是去喪葬場乞食而已。職涯依飯局大致可分幾階段：第一階段只羨慕別人有飯局自己沒有，因為吃公款代表老闆願意提拔；第二階段雖有飯局卻身不由己，身分是陪賓，必須慎守分際；第三階段升格成東道主或主客，言談舉止就漸漸揮灑起來；第四階段事業有成，赴不赴宴已操之在我，不想出門就請祕書回絕。

又有一種飯局，美其名曰聯絡感情，卻千萬別以為這是友情，充其量也只是魚目混珠的友情而已。感情需要聯絡，就是沒話講卻要假裝一下的意思，所以這種餐會最常去歌手駐唱的啤酒餐廳。康德的請客須知特別註明禁絕音樂，因為音樂對交談是莫大干擾。今日，最常見的同事聚會都有隆隆音樂不停進攻耳鼓，喝爛醉意猶未盡再殺去第二攤唱KTV，可見職場普遍人際關係的品質。

還有一種狀況，赴宴者雖沒明講，動機卻是財經刊物津津樂道的「累積人脈存摺」。說是人脈，意思當然也不是朋友，而是哪天也許彼此有用也未可知。這種關係的基礎是利害，而康德定義的友情卻只講義務不講利害。朋友因有真關懷，真信任，相談才能傾懷朗暢，互相激出新意。相交基於利害，對話一定凝滯於交換訊息、好康相報的層次，「你覺得我股票現在應該出清嗎」之類，含智量一定很低。

又有一種人，也跟康德一樣熱愛請客，重點卻只是找人吃飯，本人既沒任何襟懷要抒，亦無一事想聽他人見解。你去赴宴就是去湊數，數大數小則無關緊要，反正就是一屁股占一座位配一套碗盤，如此而已。珍．奧斯汀小說《理性與感性》中有一位約翰．米道敦爵士，他的邀約總是格外熱情：「今晚大家一定要來吃茶點，因為我們人太少了。明天一定要來吃晚餐，因為我們人會很多。」為請客而請客，言語貧乏就難免強迫敬酒：「不喝完這杯就是不給面子」云云。《世說新語．汰侈》中的石崇最極端，以斬美人要脅客人乾杯，就是這種東道主。

康德心目中的理想餐敘，賓主間重視的是真友情，年紀職業都不必拘泥。選擇的話題一定要人人有興趣，也不可賣弄學問，讓在座任何人聽不懂。據他人回憶，他的座上賓總不乏商賈、學生、神職、文武官員，年紀涵蓋老中青。康德還說為了意見多元，在座不該少於美神之數（三），為了人人有機會發言，也不該多於繆斯（九）。話題起頭應是一段敘事，「你們有沒聽說一則新聞」，再來大家各抒己見，再以輕鬆詼諧做終。任何話題都應行於所當行，止於所不可不止，不可隨意岔開或打斷。

今日要效法康德，一大干擾就是手機。自從手機變成國民隨身配備，餐敘就常被打斷岔開，一人突然對著機器自顧自哇啦哇啦，把其他人晾一邊。有了智慧型手機之後更糟糕，干擾已不必等電話進來。菜端上來，就有人忙著拍照上傳臉書，有上傳就有別人留言，需要按讚，眼球黏住螢幕的這人還會迫不及待把留言念給大家聽，不管這算不算岔開或打斷。

這時真該有人給他一耳光，這不是崇尚暴力，而是綏夫特在《格列佛遊記》提出的點子。書中有個飛行島，島民對眼前總是注意力極短暫，只好隨身帶一拍打奴，其職責是別人對主人說話時拍他耳朵，輪到主人說話就打他嘴巴，走路快撞到柱子就打眼睛。不過康德大概不會建議君子動口又動手。他若在今日寫他的請客須知，較可能的是請大家關掉手機，或交出手機集中保管。

不過更可能的，是他會在餐敘之間請大家思考，臉友到底算不算朋友？熱愛品評時事的他一定喜歡以下話題：二〇〇九年一月，漢堡王曾在臉書上推出應用程式：「移除十臉友，換一顆漢堡。」不到半月就有兩萬三千臉書用戶貪食棄友，同時也有二十三萬用戶接到臉書的殘忍通知：「看在漢堡份上，有人把你犧牲了。」

可以想像康德如果講到這裡，一定忍俊不禁問在座：一顆漢堡多少錢？除以十是多少？換算後，臉書上的友情不就只值台幣十二塊？可以想像，這時在座必有年輕人提出異議，說為何自己需要一大堆臉友，又說臉友名單定時清理也沒什麼不好，朋友親疏因人生進程而異不是應該的嗎？言人人殊，各執一詞卻都維持風範，這就是康德的「最高道德兼自然之善」。

有緣跟一代宗師共餐，賓客一定長不少見識，但康德卻覺得自己獲益更多。他說，哲學家如果常常一人吃飯，一定會鑽牛角尖。他中年思想大開就是在閱讀休謨之後，而如果沒有結交到約瑟夫・格林（Joseph Green），一位來自蘇格蘭的貿易商，並與之結成莫逆，他也不會聽聞休謨其人其說。

對康德來說，請客吃飯不只帶來智慧，更重要的是還有情篤意厚的友誼。他終身未娶，是有名的萬年處男，晚年卻比許多人都安樂。天天有朋友過來陪伴關懷，照顧起居。孔子說：「樂宴樂，損矣。」康德的例子卻告訴我們，只要動機恰當，方法正確，「樂宴樂」也可潤身又潤心，達到「智者樂，仁者壽」的境界。

有誰出夠了名？

名與利總是連在一起，二者卻有許多不同。例如，「等我賺夠了錢就退休」這話常有人說，「等我出夠了名就收手」卻沒人講過。為什麼？一個原因很明顯，就是錢可以存起來慢慢花，名卻不行。除非銀行拿你的錢去買地雷債券，不然錢放著總是穩當的，名卻會像煙一樣散掉。不繼續上新聞，不再有新作出版，很快就被遺忘。

名易散，並不只是因為群眾健忘，還有一點，就是標竿經常因時而變。《世說新語・任誕》：「名士不必須奇才，但使常得無事，痛飲酒，熟讀〈離騷〉，便可稱名士。」在今日，符合這條件若引起任何側目，大概只因他是哪個公園的怪老伯。文學名聲也是如此，不過三十年前，朱自清〈槳聲燈影裡的秦淮河〉還被捧為名文，經余光中挑出缺失，讚譽者就絕口了。

在英國喬叟筆下，「名聲之宮」（House of Fame）奠基並非鐵石，而是一座巍峨冰巖，巖上鐫刻古今許多大名，新近者總刻在向陽那面，不多時就融化不見，古人名才刻在背陽那面，經久依然歷歷在目。財富不必經過時間考驗，名聲卻需要，這是二者另一不同。

如果只是標準越來越高，那麼求名者只要不滿足於現世名聲，君子自強不息即可。也許老後，也許死後，只要到達某標竿，該是他的就是他的。偏偏，名聲經常只是誤會一場。名聲英文「famous」語源是拉丁文「Fama」，是散播謠言的女神。依據維吉爾《埃涅阿斯記》，她是個多眼多耳多舌的醜八怪，總趁夜飛翔傳播真真假假各種消息。名聲既然需要口傳，有名沒名好名惡名就往往是以訛傳訛的結果。因此，才會有平庸作家徒負虛名，錦繡文章則被埋沒。對此，孔子是建議你要自我安慰：「人不知而不慍，不亦君子乎。」

孟子則不搞自我安慰那一套，他只是指出殘酷事實而已：「有不虞之譽，有求全之毀。」意即好名壞名經常顛倒事實。巧的是，莎劇也出現與孟子幾乎一模一樣的話，出處是《奧賽羅》第二幕：「名譽是一種無聊的最靠不住的隨意賞賜，往往得來全不憑功德，失去又不是咎由自取。」榮辱正是《奧賽羅》的主題，悲劇起於女主角無辜遭謗，男主角又太重榮辱。全劇旨意應是要看輕榮辱才對。然而，莎士比亞卻把以上對白放進伊亞哥口中，他是劇中禍首，也是莎翁筆下最邪惡的角色。這麼一來，莎士比亞又好像不贊成榮辱被看太輕，以免道德敗壞無所不為。

到喬叟筆下，「有不虞之譽，有求全之毀」則變成一齣鬧劇。在長詩〈名聲之宮〉，詩人好不容易爬上冰巖，進入宮殿，就發現名聲女神高坐殿上，接見一批批求名者。第一批報上許多功德，乞求賞賜盛名，女神說：「門都沒有，我高興你被遺忘。」第二批也做過豐功偉業，女神說：「我知道你應享好名，但我卻想給惡名。」第三批也是好人，這次女神就賞賜好名了。第四批是好人，自稱行善只是為行善，拜託別賞任何名，女神如其所願，讓他們全被遺忘。第五批也是好人，也求被世人遺忘，女神卻說：「豈有此理！正要你大大有名。」第六批一輩子偷懶，既沒行善也沒行惡，也從未跟女人歡好，求的卻是德慧兼修又飽享豔福之名，女神笑笑准其所願。第七批也要一樣的，女神這回就罵：「美啦！爪不沾水的懶貓也想吃魚！」

既然名聲女神如此任性妄為，創作者不就應該戒絕名心？幹麼還計較千載後世名？果然在但丁《神曲》，名聲追逐者生前犯的是驕傲罪，死後靈魂必須到煉獄第一層接受洗滌。在這裡，抄本畫家歐德里希（Oderisi）告訴詩人，名聲就像風，風向常常變，名字也一代代更迭，今天你詩名很大，千載後你名聲卻會與牙牙學語就夭折一般無異。等於說，但丁是在自己詩作裡，透過一亡靈之口，宣布自己將來不會不朽。

有意思的是，但丁只是宣布自己不朽無望而已，卻也不打算戒絕名心。在《煉獄》第十三章他就坦言，擔心自己將來要受煉獄第一層的磨難，可見他名心未泯。何況，亡靈只預言他詩名不過千載，那豈不意謂千載不行，幾百年卻未可知，總之詩名還是會比詩人長命。這又是名與利的另一點不同：人一死，財富與人的歸屬關係馬上結束，或者子孫繼承，或者當作遺產稅被政府抽走，然而人與名卻不會因死亡而分開。形體消失了，名聲依然留存。因此，名聲才可說是第二生命，財富則無此資格，這應該是名心遠比利欲更難戒絕的最大原因。

尊名聲為另一生命，有時可以讓人更愛惜生命，因為活著才有辦法創造足以留名的事業。司馬遷在〈報任少卿書〉就寫道，自己蒙受宮刑之恥，本應馬上自殺才對，但他不甘心「鄙陋沒世，而文采不表於後世」，才逼自己活下來。不過，更常見的狀況是為了名聲而看輕生命，反正還有更長久的第二生命。蒙田〈論自命不凡〉一文就提到某神射手，他被判死刑，但只要一展弓箭神技，就可免於一死，他卻不願一試，擔心萬一緊張沒射中，就不只無法免死，連英名也跟著毀了。

更可笑的「人死留名」故事是在《儒林外史》：王玉輝的女婿病死，女兒要殉夫，他竟鼓勵女兒說：「這是青史上留名的事，我難道反攔阻你！」女兒果真死了，王玉輝就大笑道：「她這死得好！只怕我將來不能像她這一個好題目死哩。」

名聲之於人，既有一對一長相隨的關係，大小美惡又不見得貼近事實，要幫它找個具體類比，當然就是影子之於形體。而名聲又有生命，有資格變成人的第二生命，因此若要以影子托寓名聲，這影子就應該被賦予生命才對。果然，丹麥安徒生就寫過這麼一則短篇〈影子〉，可當作一則名聲的寓言來讀。

〈影子〉主角是位學者，一天影子突然離他而去，多年後再出現，已長成有血有肉，一身衣冠楚楚。而且他說話口氣變很大，覺得自己已經無所不知，已經可以角色對換，變成他做主人，學者做他影子了。學者一開始是配合，後來忍無可忍，強調自己才是主人，卻已沒人相信。結尾，學者被抓起來槍決，影子則和公主舉行盛大婚禮。

〈影子〉可以如此解讀：人一旦把名聲看得和生命一樣大（影子有了生命），就會變成名聲的奴隸，自我漸漸矮化，這樣沒尊嚴活著，死後榮華（影子跟公主結婚）有何意義？

就算我們可以在〈影子〉讀到名聲不該被視為第二生命的寓意，一般讀者可能還是覺得它太奇幻，不足以警世。王玉輝的故事雖然寫實，畢竟只觸及道德上的名。孔子說道德上的求名者「色取仁而行違」，也就是假惺惺，捐錢不是出於慷慨，卻一定敲鑼打鼓，說這種人容易失去自我，大家都可以理解。然而，功業或文藝創作卻是另一回事，這種名靠的是真本事，無從作假，這種人不該把名聲視為第二生命嗎？

契訶夫中篇〈沒意思的故事〉算是回答了這個問題。主角也是學者，一生沒求過名。他只是才華出眾，熱愛工作，名聲來得自然不過。小說中強調，因為他名聲實在響亮，所以名字前總要加「著名的」三個字。嚴格說，他也從未將名聲視為第二生命。其實，名聲有其生命，也是他臨死才有的發現，而且是一種痛苦的發現。他病懨懨，來到遠方小城，在報紙上讀到有關自己的消息：「名教授某某昨日乘快車至某城，下榻某旅館。」他意識到：「原來名聲是為了脫離人獨立存在的。如今我躺這裡，名聲則在城裡安靜遊蕩。再過三個月，我名字就會鏤刻於墓碑上，我則埋在青苔下。」

〈沒意思的故事〉主題是臨終，發表於一八八九年，論者咸以為契訶夫寫這篇，是存心與托爾斯泰一八八六年名作〈伊凡．伊里奇之死〉打對台。在托爾斯泰筆下，伊凡．伊里奇是個庸庸碌碌的法官，畢生志向就是往上爬，住好房，過體面生活。他在死前病痛中體認到人生方向錯誤，感受到愛與慈悲的偉大。透過死，他得到靈魂的救贖。契訶夫卻顯然不以為然，他的主人翁並非功名利祿之徒，曾做出一番大學問，對世界有過大貢獻。他面對自己的準女婿，只感覺自己是一座高山，山峰高聳入雲，準女婿「只配在山腳跑來跑去，渺小得連肉眼都看不見。」可知他雖然不求名，名聲卻已深深影響其性格，養成他高高在上看人的習慣。這名聲卻增加他的臨死痛苦，根本無救贖可言。彌留之際，他只意識到自己一生事業缺少一種「中心思想」。

這「中心思想」是什麼？契訶夫沒明寫，但我們可在葛林長篇小說《痲瘋病人》（*A Burnt-Out Case*）找到答案。

《痲瘋病人》的主角是上過《時代》週刊封面的建築大師，有天突然對名聲覺得厭膩無比，失去所有欲望，不想再工作，也不想再親近女人，只想去一無人認得他的地方，因此來到非洲剛果叢林的痲瘋村。

小說出版於一九六一年，這是大眾媒體的時代。名聲女神，也就是謠言女神，散播的真假消息已經有廣大市場。大眾有知的權利。果然，即使在剛果痲瘋村，還是有人認出建築大師，堅持要跟他討論神學。這已經夠騷擾了，後來又闖來一名記者，問一大堆感情問題，但主角怎麼答根本不是重點，因為記者事先已經想好，無論如何就是要寫一則浪子回頭深入蠻荒贖罪的故事，這樣才有賣點。

小說中，葛林刻意用痲瘋病來比喻功成名就。痲瘋病的病菌可以根治，但手指、腳趾、耳朵、鼻子卻會一輩子殘缺。小說中的醫生說：「你無法治療成功，就好像我無法為病人接回手指、腳趾一樣。」如果工作意義只是為了自我表達，一旦自我要承受名聲的千侵百擾，還剩什麼自我可以表達？

這裡，我們就知道「自覺出夠名」的徵候了。人若對名聲厭倦，一定只想逃遠遠，與昨日之我一刀兩斷。逃名就是這種人的第二生命，只屬於自己不屬於好奇群眾的生命。文壇的逃名者往往封筆不再創作，例如寫《麥田捕手》的沙林傑。影壇的逃名者，西方有葛麗泰・嘉寶，東方有原節子，其中原節子又比葛麗泰・嘉寶逃得更徹底，一九六三年退隱至今，隱居鄉下幾乎不出門。狗仔拍她，只能拍到龍鍾老太太出門倒垃圾的模樣而已。

《痲風病人》的主人翁雖然不改對名聲的厭倦，後來還是有找回重新工作的能力。他幫痲風村設計醫院，並體悟工作的真諦是要對世界有所貢獻。這正是〈沒意思的故事〉主角臨死也沒找到的「中心思想」。

到此，大概可以回答一開始的問題了：為什麼沒人講過「等我出夠了名就收手」？絕大多數人是永遠不會覺得自己夠有名的。與不朽相比，恐怕連但丁也覺得千載詩名太小。當然在狗仔橫行的時代，名聲必須付出種種代價。不只是被跟拍，隨便闖個紅燈都必須照片上報紙。有名到一個程度，生活中一定有許多人跟你不熟裝熟。更壞的是在背後拿你的名片或合影去招搖撞騙。明明是你的名聲，你辛苦賺來的名聲，卻是別人在消費。但大多數名人卻沒因此就不愛名。

他們還是努力接活動，用心經營臉書粉絲團或個人微博。他們享受作品受到肯定，工作更賣勁。至於徹底對工作失去興趣的那些名人，沙林傑、葛麗泰・嘉寶、原節子之流，他們一心只想逃，靜悄悄不引起注意，大家當然不會聽到他們講任何話，包括「太有名想收手」。

莎翁教養學

在莎士比亞密集創作的那二十年（一五八九—一六一〇），他一人住倫敦，妻小則留鄉下。從劇作看來，他對兒女的思念應該遠超過思妻。三十七齣莎劇，多齣皆以親子為主軸，全沒碰親子的只有三齣：《朱利阿斯凱撒》、《安東尼與克蕾佩脫》、《一報還一報》。同樣是聽聞死訊，《約翰王》第三幕第四景的母悼子是句句真感情：「悲哀以消逝的吾兒充滿整個房間，躺他床上，伴隨我到處行走，臉上戴著他可愛的面容，嘴裡是他講過的話。」比較之下，《馬克白》第五幕第四場的夫悼妻就只是富於哲思而已：「這是個荒唐的故事，由白癡講述，充滿聲音與憤怒，沒一點意義。」

莎翁既然關注親子，筆下當然呈現過各式各樣愛小孩的方式。許多今日專家提倡過或抨擊過的教養風格，他在五百年前都已經提出他的看法。像羅馬歷史劇《科利奧蘭納斯》，就大大著墨虎媽教養法。

《科利奧蘭納斯》中的虎媽名叫伏倫尼亞，跟蔡美兒一樣，對兒子也要求極嚴，也把教養當一種神聖志業，把兒子當一己的精心傑作。不同的是，蔡美兒要孩子高分進名校，伏倫尼亞則要孩子戰勳彪炳。全羅馬都知道，科利奧蘭納斯在戰場奮勇殺敵，不是為了保鄉衛國，而是為了光耀母親。伏倫尼亞看兒子身上的累累傷痕，就好比蔡美兒看女兒的張張獎狀那樣甜入心裡。

《虎媽戰歌》二〇一一年初問世，美國媒體抨擊的不外兩點：剝奪快樂童年和打壓創意。《紐約時報》專欄作家布魯克斯（David Brooks）卻獨樹一幟，以〈蔡美兒是孬種〉一文指出虎媽是錯在過度保護。他說，課業對認知能力的考驗，其實比不上群我關係。蔡美兒不准女兒去同學家過夜，會有礙孩子理解社會規範，害孩子器識短小。

以《科利奧蘭納斯》看來，莎翁看法跟布魯克斯一樣。主角在戰場上雖然蠻勇過人，碰到政治卻智能不足。他立下赫赫戰功，本該踏上權力的康莊大道，偏偏一面對群眾，就失言失態。母親雖叮嚀再三，他還是忍不住與選民對罵，落得被逐出國門。他嚥不下這口氣，竟率敵軍反攻羅馬。羅馬岌岌可危，市民只好請他媽出面。媽來了，兒子乖乖退兵，把自己搞得兩面不是人，被憤怒的盟友殺掉。劇終是伏倫尼亞風光返國，接受群眾歡呼。媽贏了，媽寶卻已落魄死去。

詩人艾略特相當喜歡這齣劇，說它是「莎翁最偉大的悲劇」。蕭伯納也很喜歡，卻說它是「莎翁最偉大的喜劇」。朱生豪大概也覺得是悲劇，譯本才取名「英雄叛國記」。若給蕭伯納取名，可能要叫「媽寶玩完記」。

近年流行的「直升機父母」（helicopter parent）一詞，指的是在孩子頭上盤旋不去的教養風格，幫忙做功課，幫忙選填志願，出校門還要幫他找工作。莎翁時代的兒童死亡率極高，三個小孩就有一個活不過十歲，爸媽於是拚命多生，照理說不會花太多心思在單一孩子身上。莎翁卻也寫過「直升機父母」，在英格蘭歷史劇《約翰王》中。

《約翰王》寫的是約翰及其姪子亞瑟的王位之爭，舞台上卻是兩位媽媽的戰爭。兩位媽媽同時出現，經常以難聽話對罵。亞瑟是小孩，對王位沒興趣，媽媽卻拉扯著他到處求救兵。這位康絲坦絲若在今日，就是那種會幫孩子寫履歷表的媽媽，寄哪家公司不先問過孩子，沒接到面談通知還會打電話去人事部指教。約翰王更離譜，明明已經成年，卻習慣媽媽跟在身邊，棘手事都要請示媽媽。媽媽一死，就亂掉方寸。

台灣只重視智育，品德教育的疾呼因此特別大聲。中學生霸凌，大學生酒駕，四書是否必選，都會扯到品德教育。莎士比亞也寫過重視品德教育的角色，而且是個可笑的角色，也就是《哈姆雷特》中的波隆紐斯，雷爾提斯和奧菲麗雅的爸爸。

第一幕第三場，雷爾提斯要回巴黎去念大學，爸爸跟他說：「別向人借錢，也別借錢給人，借出去往往丟了錢也丟了朋友，借進來會叫你忘了節省。」許多人把這話捧成「莎士比亞名言」，殊不知莎翁這番話用意卻不是要傳授正確金錢觀。波隆紐斯一大特質就是囉嗦，講話不看時間不看場合，享受說話，總以為在傳遞了不起的大智慧，卻不問別人享不享受聽他講話。他的品德教育都是俗不可耐的老生常譚，尤其從他嘴中講出「不要想到什麼就說什麼，多聽人提意見，少對人發表意見」，是劇中一大笑點。他跟兒子進行的品格教育，莎翁其實是寫來諷刺許多爸媽假教養之名，都在要求小孩做一堆自己做不到的事。

波隆紐斯的品德教育令人瞠目，重點還在後頭。雷爾提斯才離開沒多久，第二幕開頭，波隆紐斯就請人去巴黎打聽兒子操行。他傳授的打聽方式是釣魚法，也就是探子要主動說：「聽說這個年輕人嫖賭都來」，再看對方怎麼回應。波隆紐斯為了品德教育，竟不惜毀謗兒子！

當然他可以說，只要兒子行得正，真金不怕火煉。這種父母是教養至上主義者，拿著「我是為孩子好」，什麼霹靂手段都使得出。

讀者讀到這裡，都會看出波隆紐斯是個恐龍父親。但孩子知道他是恐龍父親嗎？顯然不知道。看劇情發展，兩個孩子都很乖。波隆紐斯先是不准女兒與哈姆雷特交往，後來國王想知道哈姆雷特是真瘋還是假瘋，波隆紐斯馬上獻出女兒，要女兒去跟哈姆雷特示好，去打探虛實。奧菲麗雅是最聽話的女兒，但等爸爸被情人殺掉，她就瘋瘋癲癲，溺水死了。雷爾提斯要報殺父之仇，正好成為國王利用的棋子，被國王設計抹毒的毒劍刺死。波隆紐斯這麼努力教養兒女，掌控兒女，結局卻是全家死絕。他的一雙兒女如果不要那麼貼心，那麼為父親而活，其實都可以不死。

《哈姆雷特》的王子復仇故事雖然另有所本，雷爾提斯卻是莎翁獨創的角色。

此外，劇尾繼承丹麥江山的佛廷布拉斯也是莎翁自創。換句話說，原本故事只有一對父子，莎翁筆下卻變三對，等於是把主題大大聚焦在「什麼樣的爸爸會有什麼樣的兒子」。其中，波隆紐斯是直升機爸爸，老哈姆雷特與老佛廷布拉斯則是缺席爸爸。

老哈姆雷特在兒子心目中是個偉大形象，長年在外征戰，為事業錯過孩子的成長。對哈姆雷特來說，真正在童年給他陪伴的是「可憐的約里克」，也就是第五幕他手中那顆骷髏頭。等到父親變鬼來找他，他好像有聽沒有懂。鬼魂要他復仇，他卻改而裝瘋。鬼魂吩咐他要針對叔叔一人，別理媽媽，他卻滿腦只關心媽媽的性生活：「弱者，你的名字是女人。」到頭來，媽媽死了，意中人一家死了，他自己也死了，大好江山送給爸爸的死敵之子。把爸爸交辦的事搞成這樣，十足失敗的兒子。

死敵之子佛廷布拉斯及其同名父親是劇中的第三對父子。他和哈姆雷特有許多相似之處，都是王子，都是父親過世叔叔接位。但和哈姆雷特不一樣的是，他父親死很早，形象不偉大，也沒變鬼來找他，結果他把爸爸輸掉的江山加倍贏回來，是最有出息的兒子。

失敗兼缺席父親的兒子反而最有出息，這在莎劇中不是唯一。《約翰王》劇中也有一位福康布里奇，一開頭就戳破母親謊言，表明自己根本是母親婚外情所生，欣然放棄母親為他安排的遺產與名分，自己闖天下。他與《哈姆雷特》的佛廷布拉斯兩人都朝氣蓬勃，別人死光光他依然一尾活龍。兩劇收尾，都是以他們的台詞宣布黑暗後的黎明。

把佛廷布拉斯與福康布里奇寫成人生勝利組，也許跟莎翁本身經歷有關。父親本為一般實商人，為了不可考原因（也許經商不善，也許誤觸政治禁忌），在他十幾歲時突然經濟困難，沒辦法供他念大學。他可說全無父蔭，憑天才加努力致富，在當時相當罕有，難怪會特別認同切斷臍帶的英雄。嚴格說來，佛廷布拉斯與福康布里奇都不曾失去父親。他們根本一開始就不需要父親。

何況，莎翁本人二十出頭就去倫敦闖蕩，等於把稚齡的三個小孩丟給妻子與父母撫養，如果相信親子教養很重要，怎受得了親子聚少離多？

不過，說親子教養不重要，如今已不能說是一個缺席父親的一廂情願了。一九九八年曾造成大轟動的《教養的迷思》，書中就以充分數據，論證小孩的人格養成主要來自同儕。父母對孩子的最大影響是基因，不在教養方式。

莎劇理念最接近《教養的迷思》的，應是《亨利四世》上下集。《亨利四世》的重點並不是亨利四世，而是他兒子亨利五世的成長。亨利四世在劇中只是個憂慮的父親。他憂慮自家小孩一無是處，不如別家小孩有出息。爸爸不知道的是，兒子雖鎮日與狐群狗黨結交，卻是最好的領導養成教育。他學會庶民的語言與身段，知道將來要怎麼跟老百姓搏感情。當然將來身為一國之君，他也需要有心機、城府、企圖心。這些他好像天生就有，而且還青出於藍，只能說是父子天性，也就是《教養的迷思》所謂的基因遺傳。

像《亨利四世》、《哈姆雷特》這種著墨父子關係的，在莎翁作品中其實很少。像《科利奧蘭納斯》、《約翰王》這種著墨母子關係的也不算多。但莎翁寫最少的，絕對是母女，筆下有媽媽的女主角只有茱麗葉一位而已，其他都只有爸爸。換句話說，莎士比亞最關注的，一直是父女關係。這不奇怪，獨子十一歲過世之後，他只剩下兩個女兒。

一五九六年過世的獨子名叫哈姆奈特（Hamnet），他的夭亡想必對莎翁是不小的打擊。不止讓他寫下《約翰王》中的感人悼亡詩句：「悲哀以消逝的吾兒充滿整個房間」，還創作出劇名與兒子只差一個字母的悲劇《哈姆雷特》。每隔一陣莎翁真實身分又冒出爭議，又有學者言之鑿鑿莎翁不可能是沒念多少書的鄉下佬，《哈姆雷特》劇名就成了「莎翁的確出身鄉下」的最有力佐證。沒錯，莎士比亞就是那位鄉下來的演員，不是什麼貴族的筆名，因為他家鄉教堂曾記錄他獨子的出生受洗與夭亡的年份日期。喪子後四年，《哈姆雷特》就在倫敦首演。可知莎翁曾藉由沒法面對父親之死的丹麥王子，抒發自己的喪子之痛。

據說，莎翁曾粉墨登場扮演《哈姆雷特》中的鬼魂，那個有話囑咐兒子而千辛萬苦回到陽世的鬼魂。他在舞台上對劇中兒子喃喃「再見，再見，你要記得我」時，心中悲痛應是來自他與哈姆奈特的天人永隔吧。

把他對早夭獨子的依依不捨全寫進《哈姆雷特》之後，他就大寫特寫父女關係了。《李爾王》與《暴風雨》的主角顯然都渴望「跟女兒談戀愛」。

今日報刊上名人談女兒，「跟女兒談戀愛」彷彿天經地義。奇怪的是，只有男人會對媒體大談「女兒是前世的情人」，卻沒聽說哪家女兒曾在週記上寫「爸爸是前世的情人」。這一點莎士比亞參很透，《李爾王》就是一齣父親妄想跟女兒談戀愛的悲劇。開頭，爸爸就對三個女兒說「說說你們誰最愛我」，大女兒二女兒果然接題作文，說一長串口是心非的甜言蜜語，聽得爸爸心花怒放。三女兒卻說，愛爸爸只能適可而止，絕不可能超越將來愛丈夫，聽得爸爸大發雷霆，跟她斷絕父女關係。演到中間第三幕，這位爸爸就已經跟大女兒二女兒翻臉，變成孤苦老人，赤條條坐荒野承受風吹雨淋了：「吹啊，狂風，轟雷吧！風雨雷電都不是我的女兒，我不責怪你們對我無情。」這是莎劇最悲哀的一幕。

傳奇劇《暴風雨》主角則是最有資格跟女兒談戀愛的爸爸。普洛斯伯羅本為米蘭大公，弟弟陰謀竄位，把他和襁褓中的女兒流放到孤島。等於說，在女兒成長過程中，女兒唯一見過的男人就是他，他也只為女兒一人而活，他大可像《佩利可里斯》中的安提阿克斯，跟女兒亂倫。然而，整齣劇的重點正是他如何努力不與女兒談戀愛。

劇幕開啟的暴風雨，是普洛斯伯羅施展魔法掀起，為了仇家航近孤島。用意卻不是報仇雪恨，而是要幫女兒找個好歸宿。好笑的是，女兒談戀愛，不只都要經過他安排，他還要在旁觀看。既放棄跟女兒談戀愛的權利，又要女兒談戀愛必須有他在場。劇情是沒發展到洞房花燭夜，不然爸爸要不要在場大概會很掙扎。

兒子過世之後，莎士比亞在《如你所願》、《第十二夜》、《威尼斯商人》、《辛白林》多齣劇裡都有安排女扮男裝的情節，也許透露了他渴望女兒取代兒子位置的心願。接近創作晚期，一連串作品如《辛白林》、《冬天的故事》、《佩利可里斯》都有父女久別團圓的結局。劇中父親都錯過女兒的成長，都充滿愧疚。寫這些作品時，莎翁已經功成名就，渴望返鄉重享天倫，但二十來歲的女兒對他應該是生疏的吧。錯過的成長不可能重來，莎翁也只能在作品中反覆演繹悔意而已。

根據《教養的迷思》，父母的教養方式對小孩的性格養成雖沒大作用，對親子關係品質卻影響極大。也就是說，親子之間的重點不應是教養，而是情感。這點也許大多數父母不會同意，但錯過孩子成長的莎翁應該是同意的。

五種工作與一種怠惰

許多人知道英文有五個單字，譯成中文都是「職業」：job、career、occupation、profession、vocation，但不見得知道五個單字有何差異。其實，只要翻閱詞源字典，就不只可以學到字義，還可以想想：人為什麼要工作？五個單字，提供了五種答案。

先說job。西元一〇六六年，來自諾曼第的威廉（William the Conquerer）征服英格蘭，此後幾百年在英格蘭，貴族說法文，盎格魯薩克遜語則是庶民的語言。五單字只有job源自盎格魯薩克遜語，此字是來自底層，本義是「一塊、一份」。中世紀的小工小農工作沒保障，稱工作為「a job of work」，後來就簡單只說 job。

既然工作以「一塊、一份」為單位，表示有了一份差使，還不知下一份在哪裡，先圖眼前溫飽再說。所以這字代表「為稻粱謀、為五斗米折腰」，努力工作不是出於熱愛，而是為了生存，為了對抗經濟上的不確定。

第二字 occupation 常見意義是「占據、占領」。例如二戰後，日本就是「under American occupation」。那麼，為什麼問人職業也是問「What's your occupation?」職業和占領有何關係？

原來，英文問人忙不忙，可問：「Are you occupied?」被占領的當然不是你的人，而是你的時間，你的精力。不管有趣無趣，有益無益，只要有事在手，總要占去時間精力。清朝文人項鴻祚有言：「不為無益之事，何以遣有涯之生？」這話不通，如果目的只是占去時間精力（遣有涯之生），有事即可，鋪路造橋還是下棋彈琴皆可。這話應改一下才對：「但遣有涯之生，何需問有益無益？」

果不其然，許多人為了將時間占滿，並不思索工作有何意義。這是很沒靈性的層次。被占領代表做不了主，一如伊拉克被美軍占領。君不見許多退休族不必再工作，卻不為多出來的自由感到欣喜，只覺周身不對勁，在家發脾氣或睡悶覺。

他們也許經濟條件較佳，退休前可能是律師、醫師、經理人，看他閒得發慌，竟然反襯出「為稻粱謀、為五斗米折腰」亦有可羨之處，至少有事做。

第三字 career 原始意義是「路徑」。job 指的是一份工作，occupation 指的職業類別，career 卻指整個歷程。一人可以先做甲報記者，跳槽去做乙報記者，然後改行做廣告企劃，再改行賣房地產，這樣前後四份 jobs，三種 occupations，都屬於他 career 的一部分。不管工作抱何種態度，都在走一條路，只是有人快，有人慢，有人一開始就確定方向，有人走一半才找對方向。

第四字 profession 已經不只「職業」之義，而是「專業」了。稱讚一人的工作技能極佳，就說他很 professional。這字看起來跟教授（professor）很像。那麼，職業與教授有何關係？

原來，動詞 profess 即「宣示、宣講」之義，professor 即台上的宣講者。宣講是為了表達自我，人如果把工作當作自我宣示，當然會求精求善，一如照顧容儀。《莊子·養生主》中「庖丁解牛」就是專業主義最好範例：庖丁拿刀，把新宰的牛體大切八塊，這差事何等血腥何等卑下，莊子卻寫得隆重美妙，好像卡拉揚在指揮柏林愛樂，說庖丁的動作「合於桑林之舞，乃中經首之會」（「經首」是盛典演奏的樂章）。還說他殺完牛，「提刀而立，為之四顧，為之躊躇滿志。」宛如蓋世豪俠。可見，即使是殺牛，只要把工作做好，也足以炫人耳目，這就是專業。

vocation是職業的最高層次，有人譯成「志業、天職」，原意為「召喚」。另一近似的單字是calling，亦從「召喚」被假借成「使命、職業」之意。背後的故事是《新約．使徒行傳》第九章，說專門迫害基督徒的掃羅在大馬士革突然跌倒，聽到空中有聲音喚他：「掃羅、掃羅，你為什麼迫害我？」掃羅從此改名保羅，致力周遊羅馬帝國各省宣教。他的書信占去《新約》一半篇幅，可見他對基督教影響多大。他常強調他是受神召喚，也力促教友努力傾聽神的召喚。後來，教友從事神職，就說是「得到召喚」。十六世紀以降，其他職業亦開始用vocation一字，因為喀爾文教派認為，在上主創造的世界努力工作，亦是榮耀上主的一種方式。

對這種人來說，工作不只是為餬口，為占住時間，為了一己之生命歷程，也不只是為了彰顯自我。工作成了一種超越，一種修煉，成了小我與某種浩瀚大存在之間的連結。透過工作，人可以伸手觸及高遠神祕的智慧。

然而，上天召喚哪是你想聽就能聽到的？你確定聽見，別人還懷疑你幻聽。因此這傾聽非得戒慎恐懼不可。孔子自稱五十知天命，可見聖人在半百之前，再怎麼有使命感，再怎麼「四十而不惑」，全神貫注，也只聽到一堆雜音而已，一直聽不清天命的訊息。

這樣一定難免自我懷疑的痛苦：召喚是真是幻？區區不才真有辦法勝任？抱負越大，就更能體認肉身的卑微，人生的須臾。

其實也不只天職或志業，不管工作是為什麼，一直是人間一大痛苦來源。人生的美好風景，不管是夏夜螢火，冬日暖陽，還是兒女的幼稚園畢業典禮，錯過的原因好像工作就占十之八九。工作最能折軟我們腰身，磨厚我們臉皮，逼我們一次次面對勤無法補拙的殘忍事實。果然，英文勞動 labor、法文工作 travail，其拉丁文語源都是「痛苦」。

有趣的是英文怠惰一字 indolence，其拉丁文語源即「無感痛苦」。既然工作即痛苦，對痛苦無感者不就最沒理由討厭工作嗎？怎麼正相反，反而是麻木者最怠惰？

只有一種可能，工作本身雖然痛苦，卻可幫助我們對抗另一種痛苦。工作的五種意義，正代表工作可對抗的五種痛苦。眼睜睜見妻小父母吃穿用度差人一等是痛苦的，因此有人為稻粱謀。百無聊賴是痛苦的，因此要用工作占滿時間精力。原地踏步是痛苦，因此必須在生命歷程邁進。不想淹沒一世，就必須以自我表達去抵抗。不想活得既瑣碎又虛無，就必須傾聽天命召喚。

如果不知痛苦為何物，自然可以散其筋骨，閒其體膚，空乏其腦，日日賴著大懶床不起。至於吾等有感之輩，工作就是無可迴避的宿命。

五種聰明與一種最笨

陶淵明有〈責子〉詩，描述五個兒子有多笨，詩末說：「天運苟如此，且進杯中物。」後人讀此詩，都以為他兒子真的很笨，但對他作詩的用意卻有多種解讀：一說，是對兒子期望甚高，寫詩是為了刺激他們用功上進；二說，是詩人慈祥戲謔，兒子笨並無損天倫之樂；三是勘破世情，國都亡了兒子再笨也無妨。

筆者對這詩卻有一新解。也許，那些兒子並不笨，只是平平。也許，陶淵明是在鄰里泡茶時，聽到在座競相炫耀小孩聰明，有點受不了，才故意這麼寫。這是人性：誇耀有接力效應，有人接才會臉紅脖子粗。甲說兒子數學好，乙就忍不住說女兒作文強，丙本來想接口我家寶貝數學作文都刮刮叫，不期然冒出一個陶淵明，笑咪咪細數五個兒子五種笨相，甲乙丙就誇不下去了。

父母愛誇小孩聰明，反映「人皆有子望聰明」。有意思的是，在成人世界，聰明卻常常不是好標籤，有時甚至值得惋惜，「他敗就敗在太聰明」之類的。聰明外露是大忌，賣弄聰明最惹人厭。怪了，為什麼希望小孩聰明，卻不希望他長成「聰明人」？難道只要拿到學位進入社會，聰明就完成階段性任務，應該用完即丟嗎？

當然不是，問題是出在一詞多義。聰明小孩的對應是笨小孩，聰明人對應的卻不是笨人，而是老實人。一例：王熙鳳的「機關算盡太聰明」和蘇東坡的「我被聰明誤一生」，同樣兩個字，指涉就天差地遠。

「聰明」可譯成英文不只一個單字。檢視這些字詞的出處或語源就可以發現，聰明的確具有多種面向，絕對不是耳聰目明那麼簡單。

最常見的「smart」，本來的定義就讓人大吃一驚。它是德文「Schmerz」的表親，意思是痛苦。莎士比亞作品中這字共出現九次，全是疼痛之義。

聰明和疼痛有何關係？字義演化過程如下：先在中世紀轉借為刻薄，因為刻薄令人痛，再從刻薄轉借為口齒伶俐，到最近兩百年才轉借為聰明。這字的身世讓我們恍然大悟：難怪聰明人不討人喜歡，因為聰明等於製造痛苦。

王熙鳳之所以「太聰明」，就因為她是製造痛苦的高手，她也頗以此為榮，才會在惡整賈瑞之前說：「幾時叫他死在我手裡，他纔知道我的手段。」這種與老實做對應的聰明，其實就是心術、權謀。這種聰明的層次很低，只是一己之私的輔助而已。

另一也很常見的英文單字「clever」，本義是「善於奪取」，亦給人蠻荒時代優勝劣敗的聯想。

中文說「賣弄聰明」，英文稱這種人為「wise guy」。在現代的其他用法上，wise 卻只能譯成智慧，不能譯成聰明了。莎士比亞的時代卻不是如此，wise 依然有聰明之義，語源與 vision 相同，意即用眼睛看。無獨有偶，人類的學名「智人 Homo sapiens」，其中 sapiens 為拉丁文智慧之意，來自拉丁文動詞 sapere，意即用舌頭嘗。

獸眼亦能看，獸舌亦能嘗，獸腦將眼舌經驗化為知識的能力卻萬萬不及人腦。從經驗學習的能力是第二種聰明，層次已經比較高，超乎生物本能了。

後來人類發明了書寫，獸類就更望塵莫及。書寫對知識的累積傳遞是一大助力，從此閱讀變成學習的最重要管道。另一個常用來形容聰明的單字 intelligent，語源就跟閱讀有關。其字根是拉丁文的 inter 與 legere。

Legere 是「選擇、組合」，其第一人稱單數「Lego 我選擇、我組合」今天已是知名的玩具品牌。拉丁文「閱讀」就是假借 legere 這個字。閱讀的重點本來就不在眼球，就像玩樂高的重點並不在手指一樣。如果沒有選擇與組合等腦內活動，一目十行也白搭。Inter 的意義則是「二者或多者之間」。換句話說，懂得「閱讀字裡行間」才算 intelligent。字裡行間的空白縫隙要讀出什麼？當然是自己的見解，知識除了吸收還要再創，要「溫故而知新」，或顏回讓子貢自嘆不如的「聞一以知十」。文明要進步，靠的都是這種聰明。這第三種聰明是應該多多鼓勵被賣弄、被外露的，不然蘇東坡就不會留下雋永詩文，愛迪生也不會有那麼多發明了。

誇讚小孩聰明，英文亦常用 talented 一字。Talent 本為古希臘銀幣。耶穌在《馬太福音》第二十五章說了一則寓言，說某人出行前給三僕人各一筆錢，領到五千的僕人用這筆錢另賺五千，領到兩千的另賺兩千，那領到一千的卻埋起來，在主人回來時原封不動挖出來歸還。主人於是厚賞前兩位，把第三位咒罵一頓趕出家門。Talent後來有了「天賦、才智」之義，出處就是這則故事。人不可偷懶，必須盡力把上天所賦予的發揚光大，不然上帝就會拿回去。這是聰明的第四種定義：天賦不足恃，聰明還需要後天的努力。

因此，小孩聰明真的不值得炫耀。王安石〈傷仲永〉寫的，就是爸爸愛炫耀，把聰明兒子害慘的悲劇。資優生英文是「gifted child 獲得禮物的小孩」。我們不是都有把禮物搞丟或弄壞的經驗嗎？聰明小孩要變笨是很容易的。也許是不努力，也許努力錯方向，明明是數學天才，卻去考醫學院，諸如此類。至於仲永不再聰明，最重要原因應該是沒志氣。如果聰明之譽來得全不費功夫，小孩必以為可以天之驕子一輩子，怎可能專心致志任何事？

英文又有一字 promising，專用來形容才華洋溢的年輕人，「a promising young man」，有時也用片語「full of promise」，嶄露頭角的女演員是「a young actress full of promise」。Promise 是約定。弦外之音，聰明是一場約定、一種承諾。跟誰？跟未來、世界、造物者？也許都是。但重點是，聰明絕對不是一己之私，發揮或埋沒隨自己高興。仲永長大後「泯然眾人矣」，是毀約，是背信，不只他損失，世界也有損失，不相識的王安石才會那麼難過。這是聰明的第五種意義：聰明不可只顧小我，對世界萬一沒貢獻就是毀約。

我們喜歡小孩聰明，當然不是要他長成後只懂心術。聰明應該與懷抱成正比，不該只想著升遷賺錢。蘇東坡一輩子沒做大官，愛迪生一輩子沒發大財，他們若小鼻子小眼睛，也憂慮自己有無競爭力，就是大笑話。因此我奉勸父母，如果小孩真的很聰明，千萬別對他講「努力用功，將來才能找好工作，賺很多錢」這種話。這種話會在小孩尚不懂立志之前，懷抱就先縮成西瓜子那麼小。父母應該說「聰明若不好好珍惜，一下就成了過眼雲煙」來警惕他。小孩要先懂得珍惜天賦，時間到了才會慎選志向。

說到聰明不可只有私心，就要提 idiot 這個字：白癡。罵人笨極了，就用這個字。語源是希臘文，即一己之私之義。原來，在古希臘羅馬，身為公民是莫大榮譽。明明是公民，卻不參加會議也不去投票，只顧自己過日子，希臘人就嫌他是 idiot：自了漢。羅馬帝國時期，這字變成罵人通用語，自了漢才被假借為笨蛋。也就是說，最笨就是沒有公民意識。

聰明人既然具備一流的學習力與創造力，付出過人的努力就是理所當然，對世界做出過人貢獻亦是理所當然。聰明應該辛苦一點，因為和世界有一場約定。就算不想太辛苦，最起碼，也應該做個好公民，具公德心，在乎公義。不然，就與最笨沒有兩樣。

愛錢說

張愛玲自承是拜金主義者，非常愛錢。她在〈童言無忌．錢〉一文中說：「對於我，錢就是錢，可以買到各種我所要的東西。」這句話邏輯不通，既然錢是要用來買各種東西，可見對她來說，錢不是錢，至少錢本身不是目的，目的是可以買到各種東西。她不是愛錢，而是愛錢的交易媒介功能。錢進了她口袋，並不會被愛惜，只會很快花出去。

許多人看到錢都會眼睛發亮，但他們大都像張愛玲，並非純愛錢，而是愛錢可買來的豪宅、名模愛情、小孩在貴族學校的就學資格等等。

又有一種愛錢法，情操更偉大了，愛的是錢可以造就的慷慨，像高陽筆下的胡雪巖就說：「我有了錢，不是拿銀票糊牆壁，看看過癮就算數。我有了錢要用出去。世界上頂痛快的一件事，就是看到人家窮途末路，幾幾乎乎一錢逼死英雄好漢，我有機會揮手斥金，拿去用，夠不夠？」這也不算純愛錢。但雖說不純，對經濟的貢獻卻也很大，繁榮的經濟有賴大家努力消費，如果太多人都能抗拒物質的誘惑，別說消費者信心指數會下跌，投資意願會降低，失業率也會提高。

那麼，遇到錢有沒有純純的愛？當然有。就好像人對人可以愛到深處無怨尤，衣帶漸寬終不悔，人對錢也可以。這種人不管再有錢，也惜錢如命，求財若渴，儉省吝嗇，貪欲無邊。《儒林外史》中有一位胡三公子，富歸富，卻買隻鴨也擔心吃虧，非得拔下耳挖來戳戳看鴨子肥不肥，好不費事。這就是錢癖。

在葛拉姆．葛林一九八〇年的小說《日內瓦的費雪博士》中，一群富人為了富上加富，最喜歡赴費雪博士的晚宴。費雪博士的每一場晚宴都是一次實驗，看這些富人為了愛錢，可以承受多少羞辱。他逼他們吃噁心食物，吃完有賞，果然大家都拚死拚活吃光光。最後，他請客人抽籤，有六分之一的機率會被炸得粉身碎骨，六分之五機率則是贏得兩百萬法郎。看在錢的份上，富人全都願意一試。他們根本都不需要這筆錢，卻都願意生死相許。

小說的地點是瑞士日內瓦，正是喀爾文教派的發源地，主角費雪博士又是一個憑新配方牙膏致富的資本家，讓人不禁聯想，篤信天主教的葛林可能是在諷刺韋伯（Max Weber）所謂的「新教倫理」。跟據韋伯的理論，就因為新教（尤其是喀爾文教派）講勤儉，賺了錢不享受，只會儲蓄投資，用錢去賺更多的錢，才特別有利資本主義的勃興。

在葛林筆下，這樣的愛錢法不只沒意義，簡直是病態。所見略同的還有經濟學家凱因斯。他在名文〈我們孫輩在經濟上的可能前景〉中說，到了二〇三〇年，所有經濟問題都將獲得解決，全世界一片欣欣向榮，人人衣食無缺，唯一煩惱將是不知如何打發閒暇。但是，因為習慣使然，一定還是有些愛錢成癡的勤儉狂，只知努力用錢去賺更多的錢。凱因斯說，這是一種病，也是一種罪，就像有人養貓，「他所喜歡的並不是他的貓，而是他的貓所生的小貓；實際上，他所喜歡的也不是小貓，而是小貓的小貓。無窮無盡下去，到最後他所追求的不過是抽象的『貓』的概念。」

此文發表於一九三〇年，當時百業蕭條，多少人飢腸轆轆，讀到此文一定大罵凱因斯蛋頭，簡直「何不食肉糜」，與民瘼相隔太遠。在美國民間與政府都債台高築的二十一世紀初讀到此文，也不禁想笑凱因斯這個蛋頭，當初絕對想不到美國這個喀爾文教派所創建的國家，會變得既不喜歡貓，也不喜歡小貓或小貓的小貓，因為管它大貓小貓，伸手向別家抱來就要幾隻有幾隻。

這樣的舉債大國也許跟張愛玲一樣愛消費，跟胡雪巖一樣愛慷慨，卻不跟他們一樣愛錢。為了全球經濟的前景，美國人實在應該重拾他們愛錢成癡的立國精神。

政論節目可癒頭風

東漢末年的陳琳本是袁紹文膽，幫袁紹寫過一篇〈討豫州檄〉罵曹操。後來曹操打敗袁紹，不只沒殺他，還重用他，他就幫曹操寫一篇〈檄吳將校部曲文〉罵孫權。《昭明文選》把兩篇放一起，前一篇貶曹操是「贅閹遺醜」，意即沒生殖器男人的醜兒子，後一篇曹操就被捧成「銜奉國威，為民除害」。孫權沒什麼缺點可讓他罵，挑來挑去只有年輕，雖然這不算什麼缺點，陳琳還是有辦法痛批：「孫權小子，未辨菽麥，要領不足以膏齊斧，名字不足以洿簡墨。」白話：腰頸不足以給利斧抹油，名字根本不值得沾染筆墨。

「未辨菽麥」用的是《左傳》典故，「要領不足以膏齊斧，名字不足以洿簡墨」不只對仗工整，聲調也鏗鏘。這種文字功力相當了得，但也必須曹操懂得欣賞。《魏志》記載，曹操抓到他，責問說，你幫袁紹罵我，「但可罪狀孤而已，惡惡止其身，何乃上及父祖耶？」陳琳答：「矢在弦上，不可不發。」這算什麼藉口？但曹操就不計前嫌了。

這種機遇讓後世文人羨慕不已。溫庭筠就寫過一首〈過陳琳墓〉：「曾於青史見遺文，今日飄蓬過此墳，詞客有靈應識我，霸才無主始憐君。」溫庭筠自稱「霸才」，大概是自覺罵人才幹一點不輸陳琳。幫罵在他心目中顯然是個好差事，好希望哪邊軍閥有職缺可以找他。

幫罵形諸筆墨，寫成檄文，其實是秦漢以後才普遍。更早國君是派人用嘴去罵敵的。《戰國策・秦二》就有楚懷王「使勇士往詈齊王」之句（詈讀力，就是罵的意思）。想必齊王一開始並不知勇士是來罵人，才放人進宮，但是勇士一開罵，應該就抓起來砍了吧，搞不好要割掉舌頭。這種任務想來也是「壯士一去兮不復還」的，可惜司馬遷沒有比照刺客，也寫一篇〈罵客列傳〉，所以我們不知這種勇士是否也要「風蕭蕭兮易水寒」慷慨悲歌一下，才向敵國出發。

刺客武功要好，罵客應該舌功一等一。怎麼個一等一卻很費疑猜，是要問候對方媽媽，質疑對方妻女貞操，還是要像陳琳那樣字句錦繡，氣勢磅礴？可能當時有很多「罵探」，專門在市場搜羅罵術高手，引介給統治者。不然，就是年年舉辦罵人擂台，挖掘罵壇異才。

幫古人辦罵人擂台賽，總冠軍非諸葛亮莫屬。《三國演義》九十三回，他幾句話就罵死王朗。唐朝孟郊也相信罵可以奪命：「詈言不見血，殺人何紛紛。」這首〈秋懷〉五古把罵術捧得神乎其神：「詈痛幽鬼哭，詈侵黃金貧。」鬼挨罵會哭，富人挨罵會變窮。詩末說秦火燒得了書，卻燒不了敢罵的舌頭。在孟郊筆下，罵簡直不朽之功業，百代之盛事了。

其實依據史書，王朗是壽終正寢，罵死純是小說家想像。而且，如果罵真可奪命，死刑工具為什麼只有槍彈、絞架、電椅、注射，卻沒有罵？

只能說，幫罵是一種心理按摩。對象有沒死傷並不重要，重點是主子覺得舒坦受用。曹操讀陳琳文章，大讚：「癒我頭風！」頭痛整個好了，他不計前嫌重用陳琳，要的正是這個。

民主一大好處，就是把古代梟雄獨享的服務普及全民。如今，台灣跟美國都有一種談話性節目，不就事論事，只罵人，正是要幫觀眾癒頭風。

節目中的名嘴當然不必像古代罵客那樣視死如歸，文采也不必像陳琳。但他們工作還是有相當門檻，不是一般人做得來。

首先，名嘴幫罵，就好比孝女白琴幫哭，必須具備一流情感掌控技巧。這情感還是負面情感，孝女白琴是悲哀，名嘴則是憤怒。一般人做不來，一來是悲哀和憤怒沒法說來就來，二來是放不下身段在大庭廣眾之間大哭或大罵。

就以孟郊為例好了。前文說他曾以一首〈秋懷〉大大歌頌詈罵，但他另一首〈秋懷〉想法就完全相反：「詈言一失香，千古聞臭詞，將死始前悔，前悔不可追。」意思是罵出去的難聽話可能傷不到對方，還有損本人形象，但罵都罵了，後悔到死也沒用了。

我不知孟郊後悔是因為罵錯人，還是罵錯話。但罵人經常是在氣頭上，人在氣頭上總是判斷力很差，判斷力一差就會講出傷害形象的話。這是幫罵必須承擔的風險，一般人擔不起的。

何況，名嘴幫罵還有一點與孝女白琴不同。在喪葬中，哭就是一種儀式。孝女白琴只要哭得盡責，不管哭得多悲哀，不管有沒把喪家感染得更悲哀，都不會影響她的行情。談話性節目就不是了，收視率與觀眾情緒息息相關。觀眾本身不憤怒，名嘴就要想辦法挑起憤怒。理想狀況則是觀眾本來就很憤怒，總統貪腐！總統賣台！名嘴這時努力幫罵，就能幫觀眾癒頭風。

陳琳一枝筆為主子服務，就算罵過曹操「贅閹遺醜」，一旦主子變成曹操，他就必須幫曹操罵孫權。今日，有些名嘴也難免要跟著民意轉向，去罵自己捧過的人，或捧自己罵過的人。但在政黨輪替的時代，一張嘴為收視率服務也可以自豪宣稱：「我是永遠的反對黨。」這點陳琳應該只能羨慕了。

第二輯

不藏書六難

寫《企鵝島》的法朗士曾誇口，說他書架上的書都是借來的。他是特例。一般人臉皮絕不可能這麼厚，藏書應該都是銀貨兩訖買來的。我的方式，是在拿起一本書走去櫃台結帳前，先「三省吾身」一番：「買回去真有時間讀嗎？」在書店中想這問題往往太過樂觀，不妨把多年來想讀而未讀的書單帶在身邊，以備不時之需。再問：「家裡還有地方放嗎？」除非你打算做獨居老人，須知家裡空間並不屬於你一人。至於第三個問題：「少了我買，這種書將來出版機會就會大減嗎？」很多人把自知不可能讀的書買回家，可能純是出於道義支持，對寫書出書者的支持。

書店中的誘惑只是第一難而已。買回家之後，再來的難題就是割捨了。說不藏書，當然不是一本都不藏，也不是設限，藏書超過三千丈就砍去。我立志不藏書，是希望收藏的書都真的要讀要用，而不只是「汗牛充棟」。只是買時容易捨時難，許多人可以按月匯款給孤兒院，卻不願將自己不讀的書捐給鄉村中小學。他一定說，我會讀啊。我相信他的真心，但問題是什麼時候讀。我自己就有許多書，年年以為會讀卻年年沒讀，而且年年增加最多的正是這種書。人必須先勘破「生也有涯」，才能想通那些多年未讀的書大概已今生無緣。但是，如果連聖人都「不知老之將至」，要割捨未讀的書，真是太難了。

只要書一多，難免就會把從前買過的書再買回家。買過卻無知覺，可見這本書是否收藏根本無關痛癢。藏書家愛說，書到用時方恨少，卻不承認書到買時往往忘了家中早有一本。想想北魏李謐那句名言：「丈夫擁書萬卷，何假南面百城？」獨裁者與藏書家，真是再恰當不過的類比。獨裁者喜歡檢閱一整團踢鵝步的兵，個別的兵英不英俊卻不重要；豎一大堆銅像，個別的銅像藝不藝術亦無關痛癢；反正數大就是美。藏書家亦然，看到整牆的書難免飄飄然，會搞不清楚什麼書有藏或沒藏，面對沒讀的書也漸漸不再慚愧。所以，不藏書就要能抗拒「數大就是美」的誘惑，這是第三難。

還有一種書，不割捨的原因是將來要用。但什麼叫要用？寫文章時「竊陳編以盜竊」，或學者做考據功夫，都只適用於小眾。一般人還是希望將書中智慧融入生活。《幽夢影》說：「藏書不難，能讀為難；讀書不難，能用為難。」可見一本書是否有用，靠的是領悟力是行動力，與書有無留在書架無關。想通這一點，是第四難。

第五，又有一種書，酣暢讀完，從此惜之如命。如果是希望多年後重讀，我承認，重讀往往能帶來比初讀更大的震撼。但這就回到第二難「生也有涯」了，人的一生能重讀幾本書呢？何況書那麼便宜，真正想重讀時再買即可。

又有人在遺囑中交代，哪些珍愛的書希望能與紙錢紙馬一起燒給自己，就更荒謬了。法國吉霍都（Jean Giraudoux）小說《貝拉》中，男主角聽到某一亡靈聲音，自訴生前無緣一讀某書，死後無法瞑目，懇求男主角把書說給他聽。由此可知，人死即無法閱讀，書是身外之物，生不帶來，死不帶去，血肉之軀是閱讀的最基本配備。愛書就要珍惜當下，要在閱讀時把握每一字句的驚與喜。這樣，要割捨一本曾感動過我們的書，就沒那麼難了。

英國葛林的小說《與姨媽同遊》中，主角說只要長大遇到挫折，就後悔少年時代在父親的書房內讀錯了書。這個故事值得所有想把藏書留給子孫的人借鏡，因為不藏書的第六難，就是不解兒孫自有兒孫福。不同的年紀讀同一本書，感受尚且大異，何況是不同時代不同的人？不同的人讀同一本書，往往像佛經中的盲人，石杵床繩，一頭大象，各自表述。一本書會讓父親開卷有益，卻壞了兒子終身幸福，就不奇怪了。所以，賣書給二手書店而不傳子，等於放孩子自由，由他去剔篩挑揀，為自己的閱讀負責。當然，如果你的藏書是宋版或古騰堡聖經，價錢可抵黃金地段房地產，又另當別論。

多年來一直叮囑自己不要為藏書而藏書，家中的藏書卻還是常常超過半面牆。可見知易行難，所以才仿清人孫慶增「藏書六難」之說，為不藏書也記下六難。

讀過即忘

眼是肉，腦是漿，是天下所有嗜讀者的兩大憾恨。眼是肉，所以閱讀速度總是力不從心，往往不能終卷就闔眼睡去。至於人腦，稀稀糊糊似凝非凝，只是薄殼下的一捧漿汁，難怪入眼的書卷往往十忘八九。

中國小說卻出現過三個完美記憶的事例。三例都是虛構，觀察三例之間的雷同與巧合，可助我們反思閱讀的意義。

第一例在《三國演義》六十回，張松只把曹操的兵法《孟德新書》從頭至尾看一遍，便能背出全書十三篇，並謊稱該書為戰國無名氏作，是被曹操剽竊去，偽稱新書，曹操竟信以為真，「莫非古人與我暗合否？」就把書燒了。

第二例在《紅樓夢》四十五回，黛玉寫成七言樂府〈秋窗風雨夕〉二十句一百四十字，寶玉才看完，就被黛玉奪去燒了。寶玉卻已背熟。

第三例在《聊齋志異》，書生于去惡專向人借書來抄，每抄一紙就燒一紙，將灰燼吞到肚裡去，燒多少就背多少，一字不訛。

用結構主義的方法，可以說三故事都有相同元素，也就是強記與燒書，只是元素之間的關係不同而已。張松是「強記騙人燒書」，賈寶玉是「強記保存燒書」，于去惡則是「燒書吞下強記」。這代表什麼？

三故事都是以一種保存（記憶）去取代另一種保存（書）。秦始皇、希特勒之流的恨書者燒書，正是要摧毀書的保存功能。三故事的燒書出發點卻都不是恨。書被燒掉，只能說書在物質層次已被消滅，卻拜記憶之功而在精神層次免於一死。依這種解法，書與記憶是一體兩面，彼此可互相取代。

另一種解法：書是手段，記憶才是目的。于去惡解釋他行囊中無一書一卷的原因，就說：「吾輩讀書，豈臨渴始掘井耶？」大有韓非子「智者不藏書」之意。那麼，三故事是否藉著禮讚完美記憶，襯托出書的該燒？

柏拉圖寫過一則神話，就拿書與記憶之間的關係做文章，大大貶抑書的價值。

在對話錄《費朵斯》（*Phaedrus*）近尾，書寫的發明者炫耀說，書寫可補記憶的不足，是記憶的一帖藥。埃及王卻嘲笑回去，此藥對記憶不只無助，反而有害。因為有了書寫，眾人會誤以為智慧是隨手可得，心智從此鬆懈，記憶只會流失更快。

曹操上了張松的當，以為隨便一個四川小兒都能熟背《孟德新書》，才覺得自己的瀝血之作毫無價值，該燒。寶玉既已熟背〈秋窗風雨夕〉，又是黛玉的唯一知己，黛玉燒詩，沒有讀者會覺得可惜。二者的邏輯都是過河拆橋，既然記熟了，書不燒何用？

問題是，對正常讀者來說，忘才是常態，記憶是考試之前懸梁刺股的反常。多少書上的智慧曾到我們腦中一遊，轉眼即無影蹤。張松與賈寶玉在記憶猶新之時，雖可背得一字不差，但他倆的腦畢竟也不是銅鐵打造，終有消褪模糊之時，那時卻無從補救了。

就因為記憶如此不可靠，說記憶讓書（在精神層次）免於一死，才很荒謬。這樣，邊讀邊忘，邊忘邊讀的我們，不知已害死多少書的性命了。

因此，我對三故事才有第三種解法：書並沒什麼精神存在，讀書的人才有。書是物，而且非常易朽，除了祝融，還有蟲蛀水浸等好幾十種死法。在世界無數的圖書館，無時無刻，都有無數的書正在枯爛敗壞。我們豔羨張松等的記憶神功，卻知其不可為。一把火，書就灰飛煙滅，才是千真萬確。就像人不能永生，書也因易朽而可貴，不因人的善忘而減損價值。

差點漏提，《聊齋》中的于去惡，他根本不是人，是鬼。他已經死了，才以燒書吞灰代讀。可知讀書是人活著才能享受的樂趣，書也要有人讀才能擺脫必朽之宿命。那麼讀過是記是忘，又何必計較？

讀書不該學豬八戒吃人參果

《西遊記》二十四回，孫悟空偷來三顆人參果與師弟分享。悟空、沙僧皆細嚼慢嚥，八戒卻囫圇吞下，問說：「你兩個喫的是甚麼？」沙僧道：「人參果。」八戒又問：「甚麼味道？」悟空說：「悟淨，不要睬他，他倒先吃了，又來問誰？」八戒道：「哥哥，喫的忙了些，不像你們細嚼細嚥，嘗出些滋味。我也不知有核沒核，就吞下去了。哥呵，為人為徹，已經調動我這饞蟲，再去弄個兒來，老豬細細的喫喫。」

豬八戒吃人參果就跟洗戰鬥澡一樣，目標很單一，就是求快。豬八戒不知人參果有核沒核，阿兵哥也不知肥皂有沒周身抹全，但這些都不重要，因為不可以量化。時間長短則是完全可以量化的指標，馬錶一按就知。可量化就可管理，可改善效率，可打造紀律。

現代人從小就被要求效率和紀律。小學生每天早上起床換洗，晚上寫功課，到長大出社會後開會簡報，效率與紀律已深入骨髓。即連假期出國，照理說最沒時間壓力了，許多人依然要在最短時間內，去最多地點打卡、拍照上傳。這種旅遊不可能「細嚼細嚥」，說穿了就是豬八戒吃人參果。

讀書本來也最該「細嚼細嚥」，尤其是經典好書。偏偏許多經典閱讀者都已養成豬八戒吃人參果的習慣。這種人的一大樂趣，就是在別人講起某本很少人讀的名著之際，得意洋洋道：「你說《利維坦》嗎？我大學就讀過了！」這時，別人最好稱讚「厲害」就好，千萬別問他《利維坦》寫什麼。

別問寫什麼，因為這種人讀書，往往都趕著要讀下一本。他讀《利維坦》，並不是出於他對政治思想的興趣，而是《利維坦》剛好在他的長長書單上。讀完一本，就打一個勾。沒「細嚼細嚥」過，當然就像豬八戒，「也不知有核沒核，就吞下去了」。

追著書單讀書的讀者都恨不得一目十行。其實他們很辛苦，就好比追日的夸父不停催促雙腿：「快，跑快點！太陽只剩一里遠了。」書單追讀者一定也時時在催促自己那雙倦眼：「快，讀快點！書單只剩一里長了。」太陽會西移，必讀書單當然也時時加長，一里之後又一里。

如果豬八戒本就垂涎人參果的芳美，對其滋味口感百般好奇，真吃到怎可能「不知有核沒核，就吞下去」？可知豬八戒從來喜歡的並不是人參果的美味，而是人參果吃進肚的快感。

同理，書單追讀者讀《利維坦》，其動機一開始就不是出於對書本身的好奇，而是想快點變成讀過《利維坦》的人。這就跟臉書打卡一樣，重點已不是旅行，不是見聞，不是遊歷，而是某某到此一遊。

如果發明一種「利維坦」藥丸，吃一顆馬上把人變成讀過《利維坦》的人，書單追讀者應該會選擇跳過閱讀，直接吞藥丸。還有什麼比吞藥丸更像豬八戒吃人參果的？

到時，決定不吞藥丸的，應該只有真正享受閱讀的人吧。他們愛的是閱讀《利維坦》的經驗，而不是把自己變成讀過《利維坦》的人。這種讀者不受書單束縛，讀書只看興頭。新聞充斥藍綠互嗆的政治口水，也許刺激他讀羅伯賓華倫小說《國王的人馬》，或莎劇《朱利阿斯凱撒》，或霍布斯長論《利維坦》。也許只選一本，也許三本都拿到床邊輪流讀。他不追求一目十行的高效率，也不制定每天讀多少頁的目標。

這種方式的一大缺點是散漫，一天可能只讀十行。但對這種讀者來說，一天十行的「江海之浸，膏澤之潤」，絕對勝過年年戰勝一張書單的豬八戒吃人參果。另一缺點是見異思遷，可能三十頁就放棄。但如果真讀不下去，眼球再努力滾動也徒勞吧。何不再等幾年，知識準備充足再試？如果真跟《利維坦》無緣，何必一定要變成讀過《利維坦》的人？

就像孫悟空拒絕再給人參果時說的：「我們喫他這一個，也是大有緣法，不等小可。」既然讀書也是「大有緣法」，當然就不該像豬八戒吃人參果，一目十行那種讀法。

不讀書的人

在缺乏讀書風氣的社會，不讀書是不需要理由的。沒時間，識字不夠，注意力持久障礙，這些理由都不必。只要多數人都不讀書，他們就連宣告自己是多數都不必。只要不宣告愛讀書是一種不正常，就算有風度了。

在這樣的社會，在人多的場合，話題如果碰到讀書，愛讀書的少數一定要保持低調。我對大學生演講時曾隨口問：「有人讀完《紅樓夢》嗎？」觀眾毫無動靜，我再問：「你們都沒讀過《紅樓夢》，真的？」這時才兩隻手怯怯舉起，都舉一半就遲疑該不該放下。我改口問：「沒讀過的請舉手。」台下果然一片踴躍，百隻手舉得快又高，臉上都有自信的神色，屬於多數的自信。

愛讀書既為少數，合該要有被當作「非我族類」的心理準備。例如這句常聽到的話：「我可不像你那麼有氣質喲，讀那麼多書！」雖然不算無禮，言下之意卻是劃清界線，多數與少數之間的界線。多數只要高興，是有權力幫少數貼標籤的。今天幫你貼「有氣質」，明天也許變「吃飽閒閒」。因為不是「不正常」，無人能說這是歧視。

卻有一種人，本身雖不讀書，卻不會跟讀書劃清界線。他們對讀書其實是心嚮往之，但也只停在嚮往而已，並不想更進一步。《傲慢與偏見》有一位賓利小姐，明明打開書就瞌睡，卻在第十一章大呼小叫：「讀書真是最棒的消遣啊！」（I declare after all there is no enjoyment like reading.）英格蘭銀行已經宣布，這句話將在二〇一七年同珍．奧斯汀肖像一起印上十鎊鈔票。但可別以為這話是在禮讚閱讀。珍．奧斯汀把這話放進賓利小姐的嘴，其實是點出一個事實：很多人對讀書是只羨不愛。他樂意推廣閱讀，本身卻不喜歡閱讀。

的確，愛書人在現實中總時不時要遭受一下這種「嘴皮殷勤」的侵擾：「好羨慕你讀那麼多書喲！」想來真奇怪：不愛吃魷魚羹的人並不會對愛吃的人講「好羨慕你吃那麼多魷魚羹」，為什麼偏有不愛讀書的人會對愛讀書的人講「好羨慕你讀那麼多書」呢？然後講完照樣看電視。為什麼不直接說「我看到書就煩」呢？不然也可以酸溜溜說「我可不像你那麼有氣質，讀那麼多書」嘛。

最可能的解釋，是那句虛偽的「好羨慕」其實是一種先發制人式的拒絕：「不要勸我讀書了，我就是做不到，或者不想，你別管！不是已經說我羨慕你了嗎？」

第三種不讀書的理由並非不愛，而是認為開卷有益的書種非常少，其他都開卷有害，所以應該篩選從嚴，除非證明無辜，不然都罪嫌重大。《堂吉訶德》就有一段著名的「書的大審判」，神父與管家兩人將主角藏書一冊冊當嫌犯審訊，這書有何不好，那書又如何可厭，兩三下就決定把書全都燒掉。《紅樓夢》四十二回，寶釵就是這種心態，才如此教訓黛玉：「既認得了字，不過揀那正經書看也罷了，最怕見些雜書，移了性情，就不可救了。」現今父母不准小孩看不是學校作業的讀物，道理亦然。

第四種理由是雖然相信開卷有益，卻想走捷徑，希望能不開卷而享受到開卷之益。這種人雖不讀書，卻愛上網瀏覽網路書摘或簡報檔。他們是積極的新知吸收者，可能太積極了，才養成不讀書的習慣。

這種人經常是醫師、律師、工程師，學歷很高，當年準備聯考，曾倚賴補教名師幫忙抓重點，如今吸收新知，就倚賴簡報檔或書摘幫忙抓重點。與其說他們不喜歡讀書，不如說他們相信分工。

分工的優點是提升效率。乍看之下，讀簡報檔或書摘，比起讀整本書好像可吸收更多知識，是效率大提升。但這一切有個前提：讀書只是一種勞動。

讀書當然不只是勞動。就好比飲食並不只為養生，不然喝營養素豈不更有效率？

何況，把每本書都簡化成幾頁重點也有「燈關起來統統都是女人」的問題。講這話的一定相當好色，認定男女在一起只有交合一事。他雖認定女人有美醜之別，卻主張這差別可因關燈而抹平，因此他在求愛時並不問對方是西施東施。這樣他的女人緣整個來說會增加是真的，但真正大增的應該是醜女緣，美女緣則反而減少。

同理，如果讀書到頭來只剩抓重點，那好書壞書有何差別？租書店一大堆羅曼史，摘要都跟《傲慢與偏見》很像。因此以簡報檔取代讀書，不是斷絕好書緣而已，也會把許多摘要背後的壞書誤當為好書，讀得無比認真。自以為提升效率，卻花更多冤枉時間。

然而，這第四種不讀書的人畢竟與前三種有一點不同：前三種不讀書，都是缺乏好奇心，第四種卻一點都不缺好奇心。他們不同於愛讀書的人，是不想維持太久的專注力在同一本書上面。是這點吝嗇，讓他們去追求閱讀求知的更高效率。他們沒辦法從容，當然就沒辦法讀書。

也許賓利小姐可幫這種人一點忙，不時在他們身旁大呼小叫一下：「讀書真是最棒的消遣啊！」雖然賓利小姐本人還是不可能喜歡讀書，卻可提醒別人：讀書不只是勞動，也是很棒的消遣。

遺忘無需哀悼

希臘神話說人死要飲忘川，從此忘卻生前一切。我懷疑，這種強力藥水可能並非冥界獨有，早就滲入人間水源，不然為何人過三十，記憶力就越來越糟？

明明很面熟的一張臉，卻想不起是哪裡認識。明明記得是老同事，卻想不起名字。要不就名字記得，也依稀記得他情史豐富，卻想不起身邊這位女伴是他太太還是外遇對象。這類有關人事代謝的遺忘，常害我們非常尷尬，被酸一句「你貴人多忘事喲」不知怎麼回應。

另一種遺忘則是書本知識，一直貯在腦庫，本來只是慢慢蒸發，曾幾何時，腦閘卻越開越大，多年累積如洩洪一般，滾滾奔流忘海不復回。少年熟記的詩文，多已忘頭忘尾忘關節。從前是「書到用時方恨少」，這「少」是讀得少。年紀大卻應改說「書到用時方恨多」，也就是忘得多。

雖說醫學一日千里，臉斑可打脈衝光，皺紋可拉平，記憶的坑坑洞洞卻尚無解決之道。對那些記憶的天之驕子，我們好像只能羨慕而已。

希區考克卻不覺得強記有什麼可羨。他的經典名片《三十九步》中有個角色，每天都從報章書籍記住五十種新知，範圍遍及史地、科學、體育。到了晚上，這位「記憶先生」就站上秀場舞台，接受觀眾發問：甲城到乙城距離幾哩啦、某年賽馬大獎名次啦，他都對答如流，讓觀眾考不倒。

所以說，希區考克並不把強記當作大事業、大學問的大利器，反而只當它是小休閒、小餘興的小玩具。真巧，對李清照來說，強記也是一種小玩具，但不是用在飯後餘興，而是閨中情趣。李清照〈金石錄後序〉記載，她與夫婿趙明誠常玩賭茶戲，每考一則故典，對方就必須答出「某書某卷，第幾頁第幾行」。想想看，一般人要把故典的來龍去脈記清楚已屬不易，找出哪本書更常要把書架整個翻過，李清照竟然可以精準到哪一頁哪一行，簡直就像搜尋引擎。

但今人如果也玩這遊戲，夫妻不就應該各拿一具iPad上床？為了檢查對方答案正不正確，雙方想必得滑螢幕滑到天亮。但如果iPad隨時在手，記住「某書某卷，第幾頁第幾行」又有何樂趣可言？

iPad是記憶輔助工具，紙筆也是。渴望強記，就是怕忘的意思。怕到某一程度，很容易變筆記狂，像莎翁筆下拿不定主意的丹麥王子就是一例。

《哈姆雷特》第一幕第五景，他見到陰陽相隔的父王，聽了許多冤屈。亡魂臨別囑咐：「記得我。」王子一人留在戲台上就說：「當然當然，我會記得你。我一定要從腦中抹去所有記憶，只為了記得你。」再來就拿出紙筆孜孜做起筆記。想想看，叔叔與母親通姦，共謀害死父親，父親變鬼來找他，竟然也要記筆記！這事也怕忘，真沒救了。

與哈姆雷特正相反的筆記狂，是晚清大學者倭仁。哈姆雷特拿筆寫下的是重如泰山，倭仁拿筆寫下的則輕如鴻毛。《曾國藩日記．辛丑七月》記載，倭仁「每日自朝至寢，一言，一動作飲食，皆有劄記。」

如果他記的是晚上由哪一位姨太太陪宿，就很好理解，因為姨太太間若擺不平，他就沒辦法「齊家治國平天下」了。可是他記的卻是日常所有的言語動作飲食，其中想必有唐雎告誡信陵君的那種「事有不可忘者」，但恐怕更多為忘不忘皆無所謂者。而且，我對他的筆記本消耗量也很好奇。保守估計，他一年應要用掉幾十本吧。除非他有李清照那種「某書某卷，第幾頁第幾行」的照相記憶法，不然將來幾百本筆記，如何翻查？如果翻查困難，那麼記之何用？

倭仁也許答不出記之何用，他只是不甘心而已，不甘心天要下雨，人要遺忘。

但問題是日常動作飲食有多少是值得記的？我們不記得上週五晚餐是吃豬還是吃雞，也不會記得某一故典是「某書某卷，第幾頁第幾行」，與其說是記性不夠，不如說這些瑣事根本不值得記。這是人腦與電腦的一大差別，電腦是撿到籃裡就是菜，人腦則有篩選功能。

人腦的記與忘，決定關鍵是情感，電腦不可能有的情感。人天生擅於記住自己最喜歡或最關注的，忘掉最嫌惡或最不關心的。哈姆雷特記筆記那一幕，揭露的不是他健忘，而是他對父親可能沒他自己想的那樣念念不忘。

這麼說來，遺忘就不等於失憶，而是記憶重整。《三十九步》中的「記憶先生」其實不是記憶超強，而是對記憶全沒整理能力。電影結尾，有人問台上一道敏感問題，事涉軍機，「記憶先生」照樣對答如流，答完就遭行刑式槍決，斷氣前還說，這題他記好久了，真高興有人考他。彷彿對他來說，記憶的唯一功能就是等著被考。該考的都考了，生命就可以結束了。

《三十九步》雖是改編自暢銷小說，「記憶先生」卻是希區考克原創。希區考克似乎想說：強記有何用？強記反自斃。沒有遺忘，記憶對人生反而是減損。

我們不像「記憶先生」，銘記在心並不是為了等著被考。遺忘就像舞台打燈，漆黑越大片，就更能突顯光照的明亮。遺忘幫我們揀選人生最值得珍惜的過往片段。因此，遺忘是無需哀悼的。忘的越多，就越應該把眼光投向光照的所在，那才是值得留戀的人事代謝，值得回味的閱讀體驗。等到一片漆黑，那就是飲忘川的時候了。

去圖書館還書，不亦樂乎

余秋雨《文化苦旅》中有一篇文章〈風雨天一閣〉，先大力稱讚天一閣創始人范欽人格多「強健」，再告訴我們這位范欽收藏一大堆書，從來不借人，連自己的親戚也不借。過世後，子孫遵照遺囑，誰擅自入閣看書就受到嚴厲處罰，而且每次閣門打開，必得各房一致同意，少一房配合就開不成。

這就是余秋雨散文最拙劣的一點：總在尚未描述事實之前，先鄭重請讀者做好感動的準備，等事實描述出來，卻令人有上當之感。搜羅一大堆書鎖起來，自己不讀也不給人讀，算什麼「人格強健」？這簡直就跟帝王廣搜民女來湊「後宮佳麗三千人」的數一樣，不只缺德，而且病態。

帝王廣搜民女，不只戕害宮女一生幸福，也破壞民間男女比率平衡，害許多窮漢討不起老婆。范欽這種藏書家也是，狂買書雖說活絡書市，但買下就深藏不借，一定從此阻絕了書頁遇到識書慧眼的緣分。

藏書家如果「人格強健」，不是應該幫助買不起書的窮書生有書可讀嗎？清朝袁枚曾在〈黃生借書說〉一文中回憶，自己小時候很窮，想讀書卻買不起，去向張姓藏書家借書，對方不借，強烈的讀書渴望得不到滿足，晚上夢的都是借不到的書。等他自己發財了，藏書也多了，沒想到閱讀欲望反而大減，藏書都覆蓋一層灰塵。但他比張某強，貧窮的黃生來借書，他就很樂意出借，並以此文勉勵黃生。

寫《名利場》的薩克萊曾說，他每次去大英博物館的圓形閱覽室借書讀書，都忍不助要感激上主恩典。愛書人進圖書館，享受的樂趣可多了。買不到或買不起的書，不只能借，還不必看人眼色，一樂也。架上書那麼多，借之不盡，二樂也。買來的書往往難捨難分，在家裡東堆一疊，西堆一疊，積多成災，借書必須歸還卻是天經地義，分手了無罣礙，三樂也。正因必須歸還，因此借來的書往往一到手就開始讀，大增閱讀效率，四樂也。

也許「吃著碗裡瞧著鍋裡」是人類的劣根性。女人不管已有幾個包包，還是覺得少一個，櫥窗展售的那個。愛書人也是，買再多書，還是覺得借來的書最好看。袁枚就慨嘆：「書非借不能讀也。」依我的經驗，我讀完的書十本有九本是借來的，我買來的書十本卻有九本還沒讀。

借書是樂趣，但真正的樂趣總要有一點痛苦來襯托。對借書來說，痛苦就發生在還書期限迫在眼前，書卻尚未讀完之時。不知幾回，我從熱鬧的飯局告退，匆忙趕回家，理由正是即將到期的書還沒讀完。圖書館畢竟是納稅人出資，逾期還書總覺得不是好公民。

哪天我如果學金聖嘆、林語堂，也列一張「不亦快哉」清單，其中一條一定這麼寫：「不看電視不看報，日讀書三萬字，借來的書一一在期限讀完，還書時與圖書館員四目對視，絲毫不必臉紅，不亦快哉。」

但這一切有個前提，就是我並不覺得圖書館那麼多書是一種壓迫。波赫士著名短篇〈巴別圖書館〉中的讀者就神經過敏多多。「宇宙又名圖書館，」小說如此開頭。它詭譎神祕，逼得許多讀者在館裡發狂自殺。

波赫士沒解釋圖書館為什麼逼人想自殺，但只要行走在一列又一列無止盡的書牆之間，應該就明白了。最高的書架上若有書掉落，砸到頭一定很疼吧。整牆書都砸下來呢？人一定是被壓在下面動彈不得。有形的書甚且厚重如斯，無形的知識又是何等浩瀚？讀書求知不就很像蚍蜉撼大樹嗎？想到此，真會覺得閱讀很沒意義，人生也沒意義。

在好萊塢災難片《明天過後》中，紐約公立圖書館是人類面臨世界末日的避難所。原因卻不是為了裡面的無窮知識，而是燒書可以取暖，助人類熬過氣溫急降的極端氣候。為什麼燒的是書，不是原木桌椅？編導在說什麼？是說人類文明就跟易燃的書本一樣脆弱？還是說人類都要滅絕了，圖書館有什麼用處？

電影結尾人類並沒滅絕，圖書館依然大有用處。美國的圖書館之父應該是富蘭克林，他捐出藏書時說，圖書館的用處是在增進會話的品質。中國宋朝有一位李常，也把自己的九千卷書捐出來，供陌生人閱讀，他應該算中國的圖書館之父。蘇軾就以〈李氏山房藏書記〉一文稱讚他的「仁者之心」。李氏山房的藏書雖然沒幾年就流散，至少被許多人讀過。《明天過後》中被燒的書，既然是紐約公立圖書館所藏，讀過的就更多了。被余秋雨大加讚美的天一閣藏書，雖然被太平軍燒去大半之前曾撐持幾百年，卻沒幾人讀過，算是燒得最可惜。

酸不可耐

《幽夢影》有言：「苦可耐，而酸不可耐。」雖然酸常與窮寒並稱，「酸寒」、「窮酸」，酸卻不等於現實的貧寒窮苦，不然《幽夢影》不會拿它與苦做一個區別。酸之所以讓人難受，正因為它不是真貧窮，而是一種氣質上、見識上的貧窮。

傳統小說戲曲常稱書生為「酸子」、「酸丁」，為什麼氣質與見識上的貧窮會成為讀書人專利？因為讀書人常吃不飽嗎？蘇軾有詩：「要當啖公八百里，豪氣一洗儒生酸。」好像儒生只要放開肚量吃下一頭牛，就不酸了（晉朝王愷養一條牛叫八百里，所以這裡「八百里」是指一頭牛）。

《儒林外史》中卻有一個超會吃的酸子。十三回如此描寫馬二：「馬二先生食量頗高，舉起箸來向公孫道：『你我知己相逢，不做客套，這魚且不必動，倒是肉好。』當下吃了四碗飯，將一大碗爛肉喫得乾乾淨淨。」給馬二一頭牛，他絕對吃得下。可是除了舉業，其餘一概不知，也一概無興趣，既不知李清照是誰，更不知人情世故，氣質見識皆貧窮，他的酸氣靠大吃狂吃是絕對洗不掉的。

而且，古人自稱吃不飽，我們可能要小心。像韓愈〈進學解〉有「冬暖而兒號寒，年豐而妻啼飢」之句，他當時是國子博士，唐帝國是世界超強，國子監是帝國菁英才進得了的學校，所以國子博士就等於今天的哈佛校長。如果連哈佛校長的妻小都要因吃不飽、穿不暖而哭哭啼啼，應該是大饑荒才是。然而，同一篇文章又誇說自己享有朝廷優遇：「月費俸錢，歲糜廩粟，子不知耕，婦不知織。」根本不像有什麼饑荒。真在挨餓受凍的婦孺應該都離他的生活圈很遠。「冬暖而兒號寒」那兩句，應該只是吃飽了還敲碗敲不停要人來可憐而已。

讀書人自憐，往往是抱著懷才不遇的怨氣。這些學問別人沒有我都有，為什麼我不能神氣神氣？王文興早期有一短篇〈玩具手槍〉，就寫一位讀文學的大學生參加高中同學會，突然聽到欺負他的同學在談文學改編的某部電影，以為報仇的時機到了，就咄咄逼問：「是哪一個文豪？是哪一本名著？好在哪裡？感動人在哪裡？」對方答不出，但同學會依舊進行，並沒有人停下來為文藝青年的學問拍拍手。

假如文藝青年能以讀書本身為福祉，就不會那麼渴望別人拍拍手了。如今報刊上許多書評，卻讓我覺得比王文興筆下的酸文青還不如。請這位酸文青寫一本好書的書評，他至少還會寫好在哪裡，感動人在哪裡。卻常見一種書評，這些統統不寫，也沒辦法介紹全書要旨，只能挑剔些逃不過他法眼的瑕疵，無非字辭辨正之類，以大牛刀使勁去砍小雞毛。樹幹挑到一隻蛀蟲，就可以否定整片森林嗎？他越寫越自命不凡，卻只證明自己才學足可獲頒一張「〇〇七金牌校對員」獎狀，如此而已。

還有一種書評，評者常是作者好友，可能是投桃報李，上次出書有人送一篇匾額式書評，現在那人也出書了，當然要寫一篇還他。這讓我想起《儒林外史》第十七回的那群庸才。我捧你的三流詩，你捧我的三流詩，大家互捧成名士，開口閉口「我們杭州名壇」。王文興筆下那位酸文青如果進入這種機制，隨時有人給他拍拍手，就不會覺得懷才不遇了。雖不會再怨氣沖天，但氣質上、見識上的貧窮一定還在，依然酸不可耐。

朱自清有一篇文章〈論書生的酸氣〉，就在討論「酸」這字怎麼用來形容讀書人的自命不凡、自嗟自嘆。他注意到，唐詩中的「酸」往往指吟誦詩文的鼻音，像韓愈的「君歌聲酸辭且苦」。吟誦要用鼻音，想來是怨詩。孔子雖然自許「不怨天，不尤人」，但也承認「可以怨」是詩的一種功能，只是把它排在比較積極的「可以興、可以觀、可以群」之後。書生變成酸子，一定是以為「詩可以怨」表示他們可以越讀越怨。

但孔子的用意應該不是這樣，不然也不會稱許最苦的顏回：「人不堪其憂，回也不改其樂。」孔子所謂的「詩可以怨」應該就是亞里斯多德的 catharsis，即發洩、淨化之意。文學中的大悲大憤可以助我們擺脫情緒紛擾，洗去氣質與見識上的貧窮。這樣，才有可能產生「一洗儒生酸」的豪氣。

翻譯苦樂

亞瑟・衛里（Arthur Waley）曾將赤腳大仙的「赤」譯成red。一代譯傑尚且出錯，何況我輩？白紙黑字，不知落人多久笑柄，此是一苦。

為求鄭重，先反覆誦習原文，如癡如醉，彷彿同域外文豪談心無礙。此中樂趣，難為醒者傳。

平時勤讀書，譯時勤查書，仍不免學問不濟而踢到鐵板。如果是譯詩，「譯詩要譯出韻腳是人類自殺的原因之一」（保羅恩格爾語），可知信達之苦。

光是信達還不夠。嚴復說要譯得雅，思果說要譯得貼，納波可夫卻力主直譯，趙元任說得好：There are translations and translations。譯法層出不窮，太直怕陷中文語法於不義，不直又有違原作本心。忐忑難決，苦不堪言。

踏破鐵鞋無覓處，天外飛來一句，既信既達，亦貼亦雅，證明中文的表達能力絕不輸洋文，無異給五四以來的語言媚外者一個迎頭痛擊，好樂！

看別人將自己（或學生）的三流翻譯硬說成學術創作，為出名擠破頭。我卻以翻譯為隱居，人不知而不慍，又是一樂。

至於稿費微薄，維生不易，似乎已成這年頭所有文字工作者的共享口頭禪，不是譯者的專利牢騷，所以在此不表。

出版苦樂

《桃花扇》第二十九齣〈逮社〉曾透過書商蔡益所之口，介紹出版這一行：「既射了貿易詩書之利，又收了流傳文字之功，憑他進士舉人，見俺作揖拱手，好不體面。」一是有錢賺，二是有功德做，三是享文化地位，出版可謂「君子有三樂」，真不必把「王天下」放眼裡了。

且慢，孔尚仁若真覺得這一行很體面，怎派個白鼻小丑來扮蔡益所呢？看來並不怎麼把出版放眼裡。魯迅更侮辱人，竟然懷疑幫他出書的李小峰偷他版稅去嫖妓。

這種懷疑卻很普遍。巴拉巴（Barabbas）是耶穌受難前被猶太人釋放的囚犯，在英文中一向是盜賊代名詞，近百年經過假借，卻用來稱呼出版這一行。像美國出版家多蘭（George Doran）回憶錄就取名《巴拉巴憶往錄》。這要怪詩人拜倫，據說，他曾送一本精裝《聖經》給出版人約翰．穆雷（John Murray），卻在《約翰福音》十八章略做手腳，將「巴拉巴是盜賊」之句改成「巴拉巴是做出版」。這是汙名之苦。

如果穆雷有揩拜倫油水也就算了，但事實是，他總讓拜倫預支版稅去揮霍。兩人留下的書信，都是拜倫討錢，穆雷乖乖付。拜倫如果不是花錢那麼凶，房子應買好幾棟了。「安得廣廈千萬間，大庇天下寒士俱歡顏」不是杜甫的願望嗎？在著作權受到保護的時代，最有資格完成這願望的行業就是出版，因為出版可以付版稅。即使偶爾被作者懷疑，付版稅應該是一大樂趣。有版稅就是書能賣的意思。版稅愈多，書就愈暢銷。

書要暢銷，前提是讀者願意買。只是，讀者絕對比魯迅和拜倫都更難取悅。為什麼同一本書，上個月讀者願意買三萬本，這個月卻一百本都不要？兩百年來，出版人一直為這問題所苦。

有人說，那就好好培養書感啊。所謂書感，就是預知暢銷書的能力。但是，如果真有這能力，就一定有優劣之分，所有最好賣的書，應該會給那位「書感第一名」全包才是，從《哈利波特》到《達文西密碼》到《暮光之城》，都會歸同一家出版社，怎會輪到別人？全世界卻沒出版社可以久占榜頂不退的。可知認出暢銷書只有一種方式，就是榜上見。不過，書市如此沒章法，好像風險很高，卻也表示人人有機會。這點應是似苦實樂。

就算出了滯銷書，好像也沒什麼大不了。常聽到的「如果要害一個人」後面接的話，有「就勸他去辦雜誌」，也有「就勸他去拍電影」，卻沒聽過「勸他去開出版社」。原因很簡單，做雜誌或拍電影賠錢，單位是千萬，做書賠錢，卻只是十萬。除非出的是占一整面牆的《諾貝爾獎全集》，不然出版真不容易賠大錢。認清這一點，可讓出版人書賣不好的時候苦中作樂。

出版不容易賠大錢，卻可以改變世界。改變世界的方式也不一定要出《物種的起源》或《資本論》。出版並不只是印書賣書，也可推動社會進步。美國有個獨立出版獎，以富蘭克林為名，正因為他是以出版介入公共事務的典範。

富蘭克林十幾歲就做出版，代表作是印滿天候預測、勵志小語的《窮理查年鑑》。這種實用書籍增強了當時墾荒者主宰命運的信心，切中獨立革命之前的時代氣氛，讓他不只以出版生財，也推動社會進步。

寫作者往往專精有限，介入社會只能從一二方面，出版者的介入卻有無限可能。我雖然沒有錢癖，每次拿到百元美鈔還是捨不得花掉，因為上面的富蘭克林像總讓我看了無比快樂。

嫌書太多

我做出版，最常被稱讚的，不是出什麼好書，而是出書量奇少。別的出版社一週的出書量可能比我一整年都多。照理說，我應該受到「三天打魚，兩天曬網」的譴責才是，但是卻有許多人問：為什麼別的出版社不能向我看齊？書已經那麼多，都讀不完了，有必要出那麼多書嗎？

這些人的文化素質都不低，都愛買書讀書，有的也寫書。這種人為什麼會覺得書多礙眼，值得探究探究。

首先，嫌書多絕不是近幾十年出版業蓬勃才有的現象，可說古已有知。寫《愛麗絲夢遊奇境》名世的路易斯．卡洛在另一本小說《瑟薇與布魯諾》（*Sylvie and*

Bruno）就提出一種「冗書剔除法」。敘事者說，人類的每一種思想一定都有個相對應的表達最佳句。只要找到這一句，意涵相似，但文采略輸的其他句，就都可以還原成白紙矣。這法子一旦實施，大量圖書都會變成一束白紙，圖書館的藏書也會大大減少，不過，品質卻保證大大提升。聽到這裡，小說中某位女士就很興奮，馬上打定主意要暫時停止閱讀，直到所有冗書冗句都淘汰為止。

以上嫌書多的理由是為了品管，為了讀者的閱讀效率。清朝趙翼則是以創作者的角度來嫌書多。而且，他與卡洛正相反，他覺得句愈佳，愈該燒。且看他這首詩：「古來好詩本有數，可奈前人都占去。想他怕我生同時，先出世來搶佳句。並驅已落第二層，突過難尋更高處。恨不劫灰悉燒卻，讓我獨以一家著。」

趙翼覺得李白、杜甫等比他早生幾百年，根本是存心不良。如果李杜沒搶先，排擠掉後人創作出好作品的機會，像「君不見黃河之水天上來，奔流到海不復回」或「無邊落木蕭蕭下，不盡長江滾滾來」這些千古佳句，應該全由他趙大才子來一手包辦才對。所以他恨不得一把火把李杜的作品統統燒掉。

這心態很像經濟學的「零和謬誤」。以為老人早點退休，青年工作機會就會增加，就是「零和謬誤」，背後假設是就業率是一塊大小固定的餅，有人多吃就會有人少吃。

趙翼如果將人類詩藝當作一塊大餅，李杜多吃就害他趙翼吃不到，應該只是諧謔。他真正的意思，應該只是想表達前人成就帶給他焦慮。美國作家尼可森．貝克（Nicholson Baker）曾在一九九一年出版一本長篇散文*U and I*，大寫特寫這種焦慮。書名中的「U」是他的文學偶像厄普岱克（John Updike）。厄普岱克的寫作功力讓他佩服得五體投地，一寫作就想像：「厄普岱克會怎麼寫？」這麼想當然害他焦慮異常，所以他就逼自己刻意不再去讀厄普岱克。但依然成天想著他好幾回，聽到有別的作家可以跟厄普岱克一起打高爾夫，他還大吃飛醋。但是，厄普岱克的名句，他卻全記錯了。書中的厄普岱克，已不是真正的厄普岱克，而是他心目中的厄普岱克。

貝克不像趙翼，並不怪厄普岱克生比他早，對那些帶給他莫大壓力的作品也沒有「恨不劫灰悉燒卻，讓我獨以一家著」的妄想。事實上，他對所有的舊卷舊書都充滿眷戀。他大概是美國圖書館界最頭痛的人物，因為他一直奔走，不准任何圖書館藏落入劫灰燒卻的命運。

圖書館藏？劫灰燒卻！圖書館不就是藏書的場所嗎？怎可毀書燒書？

如果不是貝克投稿、寫書、向法院遞狀、到處去廢紙場翻找證據，納稅人可能都沒意識到圖書館扔棄報廢了多少書。理由，當然不是像卡洛小說那樣，因為沒有最佳句。圖書館扔書，純粹是新書換舊書、內容已拍成微縮膠卷、已數位化、紙質惡化不再適合收藏等等。貝克在廢紙場找到一本又一本的珍貴善本書，有的還是國會圖書館扔棄的。他對圖書館界火力全開，但圖書館界也不是省油的燈。他們封他為「變態戀紙狂」（paper fetishist），還說，為館藏汰蕪存菁，本就符合公共利益，是圖書館應盡的責任。

貝克應該很清楚，趙翼詩的第一句「古來好詩本有數」是大瞎扯。前人的錦繡文章雖害他文思停滯，但也給他創作的養分。他很清楚，文學作品並不是數學排列組合，只有幾種方式。卡洛的「最佳句」理論亦大有問題，「君不見黃河之水天上來，奔流到海不復回」和「無邊落木蕭蕭下，不盡長江滾滾來」同樣是在描摹景觀壯闊，誰能說哪一句較佳？

在貝克看來，前人文字心血的所有積累，哪怕是最劣句，都值得保存。貝克救回的好多故紙，圖書館都拒絕收回，他只好帶回家。精神上我支持他，行為上我卻比較接近被他譴責的圖書館，經常在清理藏書。

貝克文風頗似偶像，產量卻全然不像，大概厄普岱克每出五本，貝克才出一本。這一點，做為一個少產的出版人，我就比較像貝克了。

編輯應該點鉛成金

法律禁止編輯改稿？連加個插圖也不行？在號稱最民主的美國，財政部竟然干涉編輯的專業！

《紐約時報》二〇〇四年二月登了一篇報導〈編輯犯罪〉（The Crime of Editing），說許多出版社都接到一紙公文，警告編輯碰到伊朗作品要小心，必須百分百忠於原著，若有任何改稿，刑期可能高達十年，罰金高達一百萬美元。

原來，這是美國政府為了對古巴、伊朗、蘇丹等國實施經濟制裁，設下的一道防線。法條早已有之，本來大家都睜隻眼閉隻眼，小布希主政的財政部外國資產管控局卻不知哪根筋不對，公告周知說要嚴格執行此法條，才造成群情譁然。

法律學者當然都認為這種法條戕害言論自由，有違憲之嫌。譯者則質疑，經濟制裁不是應該針對石油、糧食、核子反應爐嗎？幹麼針對資訊流通？美國政府卻認為，又沒禁止出版，只要你百分百忠於原著而已，哪有阻礙資訊流通？出版界問：「何謂百分百忠於原著？」標點符號也不能更動嗎？讓編輯礙手礙腳，與禁止出版有何不同？

不過，有些作者知道這世上竟然有編輯必須百分百忠於原著的法律，應該是心嚮往之吧。心血結晶不必被改到面目全非，有時光改一個標點，就夠作者椎心泣血了。美國第三任總統傑佛遜的遺稿中就有一篇記載，說當他眼睜睜看自己起草的〈獨立宣言〉被大陸會議與會代表逐句審查、逐句更動時，身旁的富蘭克林怎麼安慰他。

富蘭克林說了一則故事：帽匠想開一家帽店，先要設計招牌，想到文案如下：「帽匠湯普森，帽子自製，現錢買賣。」另畫一頂帽子。設計拿給人看，所有意見都來了。第一人建議刪「帽匠」，因為與「帽子自製」重複。第二人建議刪「自製」，因為顧客不會在意帽子是誰製。第三人建議刪「現錢」，理由是本地並沒賒帳風俗。第四人認為「買賣」應該刪，因為大家都知道店裡的帽子是要賣的，「帽子」也應該刪，因為有圖就夠了。到頭來，招牌上只剩下「湯普森」跟帽子圖樣。

四人意見都有道理。富蘭克林不愧是名作家兼名出版人，常寫稿也常改稿。故事背後的寓意應該是：「要不就別寫作，不然被改應該平常心以對。」

編輯改稿，經常考量的不是作者文筆，而是讀者接受度。一九九〇年布克獎得主《迷情書蹤》（*Possesion*）的美國版男主角就比英國版還帥，因為美國編輯要求作者把男主角改得比較帥。

英美兩地皆暢銷的《BJ單身日記》，美國版與英國版也有許多差異。女主角每天日記都要記錄體重。英國版一定是用兩種單位：stone 與 pound（磅），這是英國人描述體重的方式，一 stone 等於十四磅。美國人卻只用磅，不用 stone，所以美國編輯就把書中的所有 stone 都換算成磅。有趣的事情就發生了，BJ明明是英國人，在美國版中卻以美國方式描述體重。

《哈利波特》系列中，英美兩版本的差異就更不勝枚舉了。英國版中的圓領衫是 jumper，美國版變成 sweater。垃圾筒在英國版中是 bin，美國版則改成 trash can。第一集《哈利波特與魔法石》在大西洋兩岸竟然連書名都不一樣，英國版是 Philosopher’s Stone（哲學家的石頭），晚十五個月的美國版則改成 Sorcerer’s Stone（魔法師的石頭）。原來，philosopher’s stone 是英文字典有收的詞，意即「可以點鉛成金的寶石」。但美國編輯認為，這是很少人懂的鍊金術用語，青少年一看到書名有「哲學家」，就沒興趣讀了。羅琳從善如流，《哈利波特》第一集的英文書名才鬧雙包。

如今《哈利波特》暢銷了，美國編輯當然就招來不少批評。Philosopher’s stone 才有意義，sorcerer’s stone 根本就不通。但這些都是後見之明，也許編輯判斷沒錯，美國小孩真的不會買書名有「哲學家」的書。如果第一集在美國沒賣起來，後來的風行數十國，午夜零時全球同步上市，會不會發生還是未定之數。

反戰荒謬小說《第二十二條軍規》就是編輯改書名的一則佳話。當年作者取的書名是「第十八條軍規」，編輯高特里（Bob Gottlieb）卻認為，eighteen 不好聽，改成 twenty-two，連三T，才鏗鏘有力。果然，如今 catch twenty-two 已進入英文字典，意即「進退兩難的困境」，沒讀過小說也知道意思。

這一改，高特里展現他的編輯才華。就因為他的紅筆發揮過多次「點鉛成金」的神功，柯林頓總統才特別指定他當編輯。二〇〇四年柯林頓回憶錄上市，總共九百多頁，書評人一致同意，讀起來真的很無趣。有人揶揄說，高特里的紅筆是否剛好墨汁乾了？曾被高特里主編過五年的《紐約客》雜誌就刊出一幅漫畫，想像高特里到底刪了什麼：「一九七九年三月三十一日早上八點十八分到八點二十分，我紅燈停車，照後視鏡發現襯衫穿反了。那是一件馬球衫，標幟不是馬也不是鱷魚。一九九四年一月十八日中午十二點十五分到十二點四十分，我實在不喜歡青豆湯，我喜歡吃牛肉麵或雞肉麵，麵要多一點。」

以上是漫畫家想像。柯林頓接受專訪時，倒有透露說高特里真的刪掉什麼。那是一句柯林頓特別安插在稿中，以測試高特里是否專心看稿的：「高特里是全世界最偉大的編輯。」果然，高特里很盡責地以紅筆劃掉。就這本書來看，他的確還沒到那等級。不過，既然紅筆中還有墨汁，為了一世英名，他真該刪更多的。

吾必為厲鬼以擊其腦！

《紅樓夢》四十八回，寶玉說他把姐妹詩作拿給別人看：「誰不是真心嘆服？他們抄了刻去了。」黛玉、探春責怪他道：「你真真胡鬧！且別說那不成詩，便成詩，我們的筆墨也不該傳到外頭去！」以今日著作權法的定義，寶玉未經作者同意，就把他人作品拿去公開發表，侵犯的是著作人格權，只要黛玉、探春提告，可處兩年以下有期徒刑。書商則有「擅自以重製之方法侵犯他人之著作財產權」之嫌，可處三年以下有期徒刑。

許多作者對公開發表權都相當認真。錢尼夫人琳恩（Lynne Cheney）曾在一九八一年出版一本西部小說《姊妹》，她如實描繪懷俄明州拓荒時代的倫理失序，情節有兄妹亂倫，亦有女女激情。二十年後，她丈夫已貴為副總統，而且還是政治光譜的極右派，這本絕版小說就變得有點尷尬。一度，原價兩美元的平裝本在二手書市竟然要價一千美元。錢尼夫人卻不准書商再版，理由是她對文筆不滿意。

鄭板橋對公開發表權更是認真。他的時代沒有法律保護著作權，只好生前編好文集時，在〈後刻詩序〉中撂下狠話：「板橋詩刻止於此矣。死後如有托名翻版，將平日無聊應酬之作改竄濫入，吾必為厲鬼以擊其腦！」

諷刺的是，鄭板橋若生在今日，這種狠話可能全沒法律效力。只要繼承人同意，或睜隻眼閉隻眼，他生前任何無聊應酬之作，盡可拿去出版。最有名的例子是海明威，生前字斟句酌，同一段經常三寫四寫，只要還沒達到他對自己的高要求，死也不肯拿出來。但他死後，這些畸稿殘篇全拿出來印成書了，有他兒子編輯的，有出版社請年輕編輯大改特改的。只能說「海明威遺作」是太好的賣點，誰管海明威本人怎麼想。

作家遺作畢竟有限，續集卻可能無限。續集牽涉到改作權，也是繼承人可以繼承的權利。一本小說只要著作權依然受到保護，著作權所有人就可決定哪本續集可以問世。二〇〇一年，美國有位非裔女作家蘭德爾（Alice Randall），把《飄》用黑奴觀點重寫一遍。情節與原書大體相符，只是敘事者變成原書所無的黑白混血女奴，與郝思嘉同父異母，雖然在同一個莊園生活，卻一主一奴，遭遇與觀點都有雲泥之別。密契爾女士的繼承人立刻提出侵權訴訟，希望阻止出版。

另一例是雨果的玄孫皮耶（Pierre Hugo），他要阻止的是謝雷薩（Francois Ceresa）為《悲慘世界》寫的續集《柯賽特》。有趣的是，美國作家一面倒的支持蘭德爾的創作自由，法國作家協會卻出面反對謝雷薩的狗尾續貂。他們認為，尚華強的死敵自投塞納河，是《悲慘世界》張力十足的結局，《柯賽特》卻讓這位賈菲死而復生，還性格大逆轉，從雨果筆下的「法律的看門狗」變成大好人，徹底違反原著精神。這是侵犯法蘭西偉大文化遺產的不當謀利，是可忍孰不可忍，當然該禁。

後來，黑奴版《飄》與《柯賽特》都可以繼續銷售，過程卻不盡相同。《飄》是庭外和解，《柯賽特》則是法院判皮耶敗訴，癥結就在原告的主張權利。《悲慘世界》早已是公共版權，皮耶雖為雨果後代，權利卻不歸他。讓他更站不住腳的，是雨果生前就明白表示子孫無權繼承著作權。至於《飄》的原告這邊，雖明確擁有權利，卻懾於輿論，只好讓步。

如果《飄》的原告一意反對蘭德爾的作品出版，法律上的確辦得到。這讓人想起哈佛大學教授雷錫（Lawrence Lessig）近年挑起的辯論。雷錫指出，著作權保護已經變質，失去當初鼓勵創作的原意。可別以為這場辯論只牽涉到郝思嘉的父親有無強姦女奴。若依雷錫的建議，往「償付導向、減少控制」的方向修法，對生活帶來的最大影響，就是電腦中毒的風險從此可以大減。因為，依目前「控制導向」的立法精神，微軟的軟體不管毛病多少，除了微軟本身，大家都無權幫它改進。而雷錫反對的，正是這種創新權的壟斷。

有人會問，若雷錫願望成真，法律付予的控制權變少，那麼創作者除了學鄭板橋發「吾必為厲鬼以擊其腦」那種毒誓之外，還能如何控制自己的心血結晶？又，林黛玉會不會因為害怕作品被胡亂竄改，反而不再放心寫詩？

塞萬提斯的方式，是在別人寫一本點金成鐵的《堂吉訶德》續集之後，自己也寫一本續集。他安排一個角色去地獄一遊，見眾鬼拿一本書當網球打，不用說，就是那本偽作。他還讓筆下的堂吉訶德去逛印刷廠，看見正要上機付梓的偽作，就說：「這書不是早該燒了嗎？」那本偽作並沒被燒。但除了專研塞萬提斯的考據家外，如今已引不起任何人興趣了。

第三輯

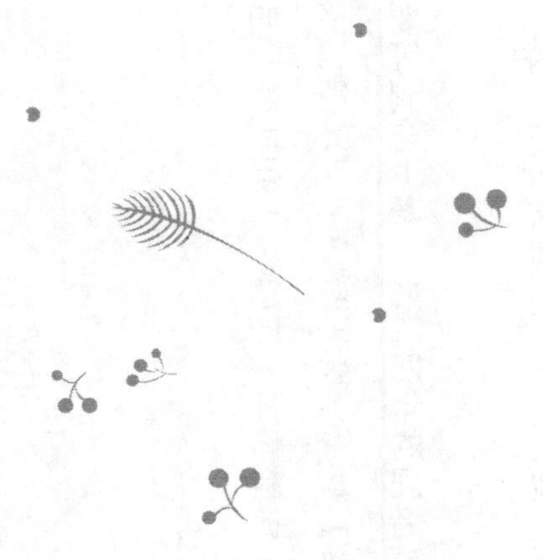

珍・奧斯汀如何變男性讀物

英文中，珍・奧斯汀的粉絲有個專稱，叫「Janeite」，意即「拜珍教徒」。此單字初面世，是在一八九四年評論家森茲堡利（George Saintsbury）為《傲慢與偏見》寫的新版序，變得廣為人知，卻要等到吉卜齡一九二四年的同名短篇（*The Janeites*）。該故事情節如下：

主角是個粗人，在歐戰中負傷仍不退役，自願上西線做個炊事小兵。他發現，高級軍官之間好像有個祕密結社「拜珍教」，無論誰，不管層級多低，只要讀透珍・奧斯汀，說出通關密語，就能與這些軍官平起平坐。主角開始囫圇吞棗，讀不懂亦不罷休。一日敵軍炮火格外猛烈，整個部隊都陣亡了，身負重傷的主角出口即珍言珍語，巧的是搶救傷患的護士亦嗜珍如命，主角因此受到特別照護得以存活，等於是珍二姑救了他一命。戰後回國，他依然天天讀救命恩人的書，邊讀邊緬懷死於戰壕的那些弟兄。有一事到結尾才揭露，這位主角其實已有點精神失常。

奧斯汀的世界莫非舞會、牌局、適合散步的莊園綠野，〈拜珍教徒〉的世界卻是炮火、操課、血泥橫飛的陰暗戰壕。奧斯汀筆下角色都是君子遠庖廚，家中皆有僕歐，〈拜珍教徒〉寫的卻是一名談吐粗鄙的炊事小兵。奧斯汀的結局總是大團圓，〈拜珍教徒〉的結局卻是一整代青年的死亡與瘋狂。然而，主角從頭到尾卻說得眉飛色舞，開開心心，因為他讀奧斯汀。

故事背後的故事如下：大戰一開打，吉卜齡的獨子被送上戰場，吉卜齡就開始靠著讀奧斯汀排遣思子之情。七個月後前方傳來愛子失蹤的消息，日子一月又一月過去，音信杳然，吉卜齡心情漸漸從焦慮轉為絕望，但仍繼續讀他的奧斯汀。所以他寫〈拜珍教徒〉，很大意味是悼亡，同時也向奧斯汀表達故事主角所感受到的那種感激，感激她陪一個父親度過最難熬的歲月。

「拜珍教」組織當然是吉卜齡的想像。但若說大戰中許多英軍陣亡將士口袋中皆有一冊奧斯汀，卻離事實不遠。大戰開打不久，英國政府就廣印小說往前方送，印最多的正是奧斯汀，因為官兵反應最愛讀的就是她。

奧斯汀不碰戰爭是有名的，雖然在她創作的年代，拿破崙戰爭正如火如荼，報紙每日都是戰事進展，她作品卻全無硝煙味，頂多是幾個紅衣軍官以舊情人（《勸導》）或調情聖手（《傲慢與偏見》）的身分出現而已。沒想到百年後，竟是由另一場大戰將其風靡程度推向另一高峰。[1]由一位以歌頌武勇著稱的男性作家，以一則戰爭故事向她致最高敬意。

所以說，一進入二十世紀，奧斯汀就不再只是女性讀物了。至於二十世紀晚期，最有名的「拜珍教徒」無疑是管理大師杜拉克。杜拉克文學素養甚佳，一向嗜讀十九世紀長篇小說，不過眾所周知，他最愛讀的一直是珍・奧斯汀，曾在一九四二年《工業人的未來》一書中稱她為「英格蘭最偉大的社會分析家」。原因不難理解，杜拉克專研究社會與企業的組織生態，小說家對世情倫常觀察最銳利的正是奧斯汀。

六本小說寫的都是待嫁女兒，半天都不知要嫁給誰，總要到結尾才搞定，這樣的情節怎能給管理學帶來啟發？當然能。奧斯汀是最愛提錢的作家，書中角色她都交代清楚：有沒有錢，有多少錢，有沒可能更有錢。情節的重要轉折常是錢在作怪。以《理性與感性》為例，故事展開，就是愛蓮娜姊妹突然變窮了；芬妮嫌愛蓮娜不夠有錢；上校不能娶伊莱莎，則是因為她太有錢；魏樂比欠錢，又丟了繼承權，所以甩了瑪麗安；愛德華幸好是丟了繼承權，不然也娶不得愛蓮娜。錢就是資源。奧斯汀的女主角多少都要扮演資源管理者的角色。

除了錢，推動奧斯汀小說情節的另一大動力，就是感知與事實之間的差距。《傲慢與偏見》開頭就是「此乃舉世公認的真理」，整本小說卻都在質疑：什麼是真理？什麼又是舉世公認？奧斯汀是熟讀十八世紀認識論的。《理性與感性》的書名用的並不是 reason 與 feeling 兩個字，而是休姆與洛克皆深論過的 sense 與 sensibility。sense 不只有理性，有時亦有感性的意義。sensibility 有時亦可做理性解，憑前後文而定。sense 的原始意義是感官，sensibility 則為運用感官的能力，兩個字還有同一個形容詞 sensible。因此小說講的絕不是拿一理性一感性的兩姊

1 軍人愛閨秀文學，這並不算特例。王鼎鈞回憶錄《文學江湖》亦有記載，國共戰爭後撤退到台灣的「六十萬大軍」大部分沒家庭生活，最愛讀女作家寫「身邊瑣事」，心目中的偶像是張秀亞、徐鍾珮、潘琦君、鍾梅音、羅蘭等。

妹互為對照那麼簡單，而是「感官與感知力」。套一句杜拉克愛說的，就是「資訊管理」。

女主角在嫁得好丈夫之前，必須先破除隱情、謊言、誤會、偏見、曲解、錯估的重重關卡。《理性與感性》從頭到尾，有多少事要瞞，又有多少事要費疑猜，真是不勝枚舉。愛蓮娜猜妹妹一定是瞞著婚約，真正瞞婚約的卻是愛德華。上校和愛德華都瞞著自己離開巴頓的原因。露西打擊愛蓮娜的策略，就是把該瞞的婚約選擇性地透露給她聽。判讀這個資訊對愛蓮娜來說是相當煎熬的過程，透露出去於她本身絕對有利，但因為識大體的性格使然，還是幫忙瞞下去。

愛蓮娜簡直可做管理者的典範，倒不只是她識大體。除了《諾桑格修道院》，奧斯汀的女主角多少都是識大體的。愛蓮娜的特殊，是她有紀律，有管理者的使命，所處的環境也需要她一肩扛起管理的責任。《艾瑪》的女主角總是資訊判讀錯誤，不該管的也管，整本書可說是一則負面管理案例。

至於《傲慢與偏見》中的伊麗莎白，聰明顯然是超過愛蓮娜，但她並沒有管人的意願。她的談吐行事都較圖一己之快。把貝奈特太太搬來《理性與感性》，讓她做愛蓮娜的媽媽，出的醜一定會少很多。也很難想像愛蓮娜的妹妹會跟人私奔。伊麗莎白與達西的對話是高來高去，至少也是平起平坐；愛德華卻較像愛蓮娜的管理對象之一。愛蓮娜雖然愛他，念茲在茲的卻不是要嫁給他，而是要激發他的最佳表現，並幫他遮掩缺點。這不正是杜拉克最常強調的管理者之責嗎？杜拉克亦常說：「領導不該靠魅力，而要靠紀律。」愛蓮娜正是這句話的最好體現。

吉卜齡創作〈拜珍教徒〉時是聲譽正隆的英國文壇泰斗，也是英國獲得諾貝爾獎第一人。但在今日，他最有名的，或說惡名昭彰的，恐怕是「白種人的負擔」之語了。英國的頭號帝國主義者最崇拜的不是莎士比亞或狄更斯，而是奧斯汀，是巧合嗎？《理性與感性》中的布蘭登上校顯然沒打過拿破崙戰爭，只在海上捍衛過大英帝國利益。那我們可不可以因為他是正面人物，就指控奧斯汀也是帝國主義者？

當然，奧斯汀時代的不公不義很多。像《理性與感性》中的愛德華，母親本來打算要送他進國會，但他一喪失繼承權，別說進國會了，根本連投票權都會喪失。但奧斯汀並沒點出這一點，還讓我們以為他們夫妻從此過著幸福快樂的日子。難道她不贊成普選？天知道三流學者為了升等會掰出什麼。

我們只知道，在法國欲向全歐輸出暴力革命的年代，她寫了六本小說，表面寫的是婚姻，隨時隨地的關注卻與法國大革命如出一轍，也是階級不平等。她筆下的貴族與富人常常既愚又俗，心胸亦小，賺來讀者會心一笑，但也只是一笑而已，絕不會想送這些厭物上斷頭台，因為她筆下貧賤男女的氣質可能也好不到哪裡去。教養無分貴賤，全靠自己修為。每一本奧斯汀小說都是一本教養教科書，教讀者如何在逆境中保持優雅，如何貧而無諂富而好禮。就算你無意從她學管理，不必靠她打發戰壕中的無聊，不必悼亡，好好讀她也會有這點最起碼的收穫。

重寫契訶夫

讀到不可思議的好作品，寫作者在震懾之餘，往往難免好奇：「他是怎麼辦到的？」一手癢也許就拿相同材料來，試試看自己會寫出什麼東西。無奈人有記憶，要把讀過的好作品完全移出腦外，絕對比愚公移山還難。因此，重寫經典往往落得跟如來掌上的孫猴子一樣狼狽，難以突圍出原作框框，見賢思齊變抄襲。

曼殊斐兒在二十二歲之齡，以短篇〈疲憊的孩子〉（*The Child-Who-Was-Tired*）崛起英國文壇。以今日眼光來看，這篇與契訶夫〈瞌睡〉（一八八八）簡直雷同度百分百。主角都是操勞過度的小保母，懷中都有個哭鬧不休的娃娃，主人都窮凶惡極，情節都是小保母一邊打瞌睡一邊生火、燒飯、掃地、哄寶寶。結局也一樣，都是小保母失眠以致錯亂，出手悶死小娃娃。原創成分很少，只有多出個小配角安東，正好與契訶夫同名，彷彿曼殊斐兒存心承認虧欠似的。

〈瞌睡〉首次英譯於一九〇三，〈疲憊的孩子〉發表於一九一〇，竟然還能贏得掌聲，可見契訶夫在當時英語世界乏人問津。曼殊斐兒敢拿抄襲去發表，大概是出於少不更事的僥倖心理。跟曼殊斐兒一樣，文名同受抄襲之玷的，中國亦有王安石，錢鍾書在《談藝錄》這麼罵他來的：「每遇他人佳句，必巧取豪奪，脫胎換骨，百計臨摹，以為己有。或襲其句，或改其字，或反其意。集中作賊，唐宋大家無如公之明目張膽者。」慣犯的心態絕對不是僥倖，那麼是什麼？錢鍾書解析：「欲與古爭強梁，占盡新詞妙句……生性好勝，一端流露。」但是，像李白名句：「月既不解飲，影徒隨我身，我歌月徘徊，我舞影零亂」，誰人不識誰人不曉？王安石竟然好意思把這樣的句子收入自己集中：「我意不在影，影長隨我身，我起影亦起，我留影逡巡。」這是作賊不知心虛，應該與好勝心完全無關。較可能的解釋，是他壓抑不住偷竊衝動，犯後也不知羞恥，臉皮特厚。

至於曼殊斐兒這邊，依據托馬琳（Clair Tomalin）一九八七年的傳記，她日後對抄襲一事應該是愧悔交加的。她曾囑咐經紀人不要再版《德國公寓》，正是收有〈疲憊的孩子〉的短篇集。也曾花大錢向索賓紐斯基（Floryan Sobienioski）買回她寫過的情書，而她會認識契訶夫作品，正是索氏引介。成名後她一方面對索氏很厭惡，一方面又幫他寫推薦信，托馬琳因此合理推測，這位可怕前男友握有她的抄襲把柄，也不時拿來要脅。

曼殊斐兒可惜只活三十五歲。如果長壽些，更有自信些，她搞不好就會坦然面對年輕時犯的錯。葛拉斯不也要活到八十歲，才有勇氣吐露慘綠時參加過納粹黨衛軍？不過，抄襲之玷汙名聲，卻不只是欺世，還因為自曝才拙，變不出新花樣。王安石既然無感羞恥，集中就看不到絲毫與抄襲對象爭勝的痕跡。曼殊斐兒就不同了，她抄襲過契訶夫，日後就故意重寫一篇，來和契訶夫爭勝。

為爭勝而重寫，原作一定要是響噹噹名篇，例如被李白鎖定的崔灝〈黃鶴樓〉，就是嚴羽心目中的唐人七律第一。李白〈登金陵鳳凰台〉故意在格律、氣勢、時空鏡頭上都吻合〈黃鶴樓〉，連收尾都一致，崔灝寫「日暮鄉關何處是，煙波江上使人愁」，李白就來個「總為浮雲能蔽日，長安不見使人愁」，擺明是怕天下人不知這是他與崔灝之間的擂台。二者該怎麼分軒輊，也成了千年來詩話各家的熱議話題。

曼殊斐兒寫來和契訶夫爭勝的，正是代表作〈園會〉（*the Garden Party*，一九二二）。跟契訶夫的中篇〈命名日〉（一八八八）一樣，〈園會〉也以一場派對為核心，也是在人來人往、七嘴八舌之間醞釀一場風暴，也在曲終人散後風雲變色，也在真理如五雷轟頂般向主角「示現」（epiphany）之時乍然作收。難得的是，〈命名日〉近尾女主角流產可說是契訶夫生平筆力最雄健的場景之一，曼殊斐兒卻沒在怕，也在〈園會〉的同樣時程點安排女主角第一次面對死亡，驚心動魄的程度絕對可以匹敵。〈命名日〉寫的是婚姻，〈園會〉寫階級，既是重寫，又另起爐灶，曼殊斐兒這次算是把當年舊飯沒新炒就端上桌的丟臉事扳回一城。

〈園會〉架構雖與〈命名日〉近似，情節卻做了大更動，將女主角懷孕改成鄰人橫死，這樣當然就遠離抄襲風險。如果襲用原作情節，還要另闢蹊徑，才情自是要求更高，變成一種炫技。就好像彈鋼琴，如果底子不夠，最好別拿大家耳熟能詳的名曲做隨興變奏。

陳映真曾以筆名許南村寫過一篇〈試論陳映真〉，文中謙稱：「陳映真早期小說中的衰竭、蒼白和憂悒的色調，是很契訶夫式的。但是在表現的優美和深刻來說，陳映真當然不及契訶夫遠甚了。」等於自認是契訶夫的徒弟，而且是不成材的徒弟。〈唐倩的喜劇〉（一九六七）卻顯示，學來的拳腳不只已經融會貫通，他還變出新招式。

〈唐倩的喜劇〉寫的是台灣六〇年代知識界。契訶夫常寫知識分子，總把他們寫得憤怨無助，〈決鬥〉、〈第六病室〉、〈套中人〉三部曲是箇中代表。〈唐倩的喜劇〉偏偏拋棄這種寫法，改仿契訶夫慣用在小官僚身上的嘲諷語調（例如〈變色龍〉）。

道德家經常歌頌愛與奉獻，契訶夫顯然不以為然。在他筆下，〈寶貝兒〉（一八九九）女主角嫁給劇院經理就全副精神在劇場，改嫁木場主人就滿嘴木材經，對劇場變得很不屑，幫人帶小孩又迷上教育教養。〈唐倩的喜劇〉架構也是一連串戀愛，女主角換一次男友就換一顆腦袋，一下存在主義，一下實證主義，最後是美國資本主義。不過話說回來，〈唐倩的喜劇〉情節雖然是重寫〈寶貝兒〉，人物塑造卻與〈跳來跳去的女人〉（*Poprygunya*，一八九二）淵源較近。唐倩於各種主義都只想快速學得皮毛，賣弄術語，無意於嚴肅思考，就好像〈跳來跳去〉的女主角，於文藝只是一位氛圍沉浸者，於男人也不是真愛，只是她處於文藝氛圍的必要妝點而已。

其實，如果〈跳來跳去的女人〉沒在丈夫過世就結束，繼續寫下去，契訶夫很可能就會寫出一篇很像〈唐倩〉的小說。〈寶貝兒〉的問題是缺乏自我，〈跳來跳去的女人〉則太自戀，〈唐倩的喜劇〉則顯示兩種特質一點都不牴觸，可並存同一角色身上。這是師父沒想到的，徒弟卻青出於藍想到了。陳映真重寫契訶夫，就好像魔術師將手中兩張王牌重疊，空中打個花，展開變三張。

陳映真是二生一，哈金卻是一生二。哈金將契訶夫〈吻〉（一八八七）兩次使用，分別寫成兩篇很不一樣的作品。如果重寫是將本求利的買賣，哈金的資源使用效率顯然是陳映真四倍。

哈金第一次重寫〈吻〉是短篇集《好兵》（一九九六）中的〈空戀〉。兩篇主角都是生活無聊的小兵。〈吻〉的核心是一記無影蹤的暗室驚吻，〈空戀〉變成不知身分的嗲聲來電，兩篇主角都從此浮想聯翩，結尾才意識到自己的蠢。哈金第二次重寫〈吻〉，則是《新郎》（二〇〇〇）中的〈破〉，主角變成共青團小官僚，暗室驚吻這次換成電影院中的性接觸。這次，男主角的浮想聯翩沒帶來痛苦的覺醒，卻害死一條人命。

〈吻〉的主題在契訶夫作品中很常見：多數人的生命都無聊無意義，只是本身無知覺而已；一旦有知覺（小說中頓悟或示現那一刻），也無能為力，只會更痛苦。〈空戀〉與〈破〉也具有同樣主題，但因為背景搬到中國，就多了許多體制教條的諷刺。〈空戀〉諷刺了文革的出身決定一切，〈破〉諷刺八〇年代精神空洞的集體窺淫。

寫實主義發展到契訶夫，可說已登峰造極，要突破只能另闢蹊徑，於是海明威發明「冰山理論」，拉美作家則向福克納的神祕寓言借鏡，走進魔幻寫實。身為魔幻寫實的大宗師，馬奎斯也重寫過契訶夫。他將〈第六病室〉（一八九二）重寫成〈我只是來借個電話〉（寫於一九七八年，收入一九九二年短篇集《異鄉客》）。他的重寫不像陳映真、哈金那樣具有意義擴充的意圖。但是，曼殊斐兒的例子已告訴我們，如果主題不擴充不轉換，抄襲的風險永遠都在，馬奎斯幹麼自討苦吃？仔細比對兩篇，就會發現正因為情節、主題皆類似，反而更能凸顯二者間的風格不同。因此我們大概可以假設，馬奎斯的意圖是立異，正是要大家看看：他和契訶夫到底差異在哪？

〈第六病室〉寫一位熱愛思考的醫生，因為身邊所有人都言語無味，只和精神病院中某病患談得來，別人不能理解，因此也將他送進精神病院。〈我只是來借個電話〉女主角是秀場小咖，只因車子拋錨，搭便車去借電話，就這樣被關進精神病院。〈第六病室〉主題一看就知是在抨擊帝俄晚期的死氣沉沉，〈我只是來借個電話〉乍看會以為是在寫男女，其實男女只是露出海面的冰山頂端，政治才是海面下的龐大山體。男女間倘不是關係脆弱，這篇故事兩頁就可結束。但是男女關係為何脆弱？正因為故事背景是佛朗哥的西班牙，人們相信權威甚於至親。其實，只要把牆上的佛朗哥像換成東正教聖像，背景搞不好也可以變成帝俄。契訶夫在〈第六病室〉為了描寫社會的死氣沉沉，特地安排了一段可怕的友情。馬奎斯只是把可怕友情換成可怕婚姻。友誼與婚姻本來就是社會的最基本構成，社會病入膏肓，人際關係當然跟著生病。因此，〈我只是來借個電話〉看似在寫男女，骨子裡其實跟契訶夫一樣，也是寫整個社會。

至於兩篇的不同，最明顯就是〈我只是來借個電話〉少掉很多對話議論。契訶夫對思想探索一向興趣濃厚，馬奎斯則意興闌珊，有些論者因此批評他筆下的人物彷如畜生，只有欲念，讓作品內涵流於單薄。然而，〈我只是來借個電話〉也有一些〈第六病室〉沒有的，例如老是被忘了餵的貓、年年生日都要換個不同魔術師表演的九十三歲老太婆、被追著跑來跑去的一群裸體女病患，都是令人難忘的意象，非常典型的馬奎斯。說他筆下人物厚實度不如契訶夫是真的，卻不能說〈我只是來借個電話〉內涵不如〈第六病室〉。而且，正因為馬奎斯純用意象來構築氣氛，反而比契訶夫更能撩撥讀者潛意識中似忘非忘的噩夢殘片。

其實，不管是抄襲、爭勝、炫技、將本求利，還是立異，所有重寫都是向原作致敬。還有，創作畢竟需要搜刮自我靈魂，重寫契訶夫就不可能只是向牌位燒香借筆而已，創作者也必須挖出自己內在的契訶夫。契訶夫歿於一九〇四年，只活四十四歲。但是，這麼多後來者在重寫他，套用張愛玲的名句，他應該還是靜靜躺在許多後來者的血脈裡，等後來者死的時候再死一次。

文思何以衰竭？

寫作者最大的敵人，常常是寫不出來的焦慮，小者十指突然凍結於打字鍵盤上，太大則會想自殺，海明威就是前車之鑒。但文思衰竭的原因有哪些？

本文列出八種可能，之所以繞著張愛玲打轉，因為她本來就最特殊：二十二、二十三歲兩年間寫出《傳奇》、《流言》兩本集子，歲數如此之輕，文筆如此成熟，歷時如此短暫，成果又如此豐碩。然而對照她中晚年，沒華文發表園地那二十年猶有可說，五十歲之後呢？為什麼只在五十八歲那年（一九七八）發表〈色戒〉、〈浮花浪蕊〉、〈相見歡〉三篇短篇？

第一種解釋，是創作本來就靠上天眷顧。江郎才盡的傳說，哪一晚夢見仙人送五色筆，哪一晚又討回去，本就非寫作者本人可以控制。英文靈感「inspiration」原意是「氣入」，也就是說天神把一口氣吹進你身體，創作才會發生。自荷馬以降，史詩開頭都要向神發出召喚（invocation）：「謳歌吧女神，關於阿契里斯的憤怒」。詩人等於宣示進入起乩狀態，讓繆斯透過他唱出特洛伊覆滅始末。即使到現代，作家亦不能擺脫迷信，約翰．齊佛（John Cheever）就寫過一短篇〈准將與高爾夫寡婦〉，說許多作家一早起來都喃喃有詞，召喚來果戈里、契訶夫、薩克萊、狄更斯等在天之靈，稟告今天要寫什麼，恭請諸大師指示該怎麼個寫法。

一管夢筆，一口仙氣，還是神靈附體，每篇佳構都是一次靈異事件，不是人間正態。鐘敲十二下，南瓜車恢復原狀，民國才女再搜索枯腸也不能成篇了。

嚴肅評家當然不語怪力亂神，他們解釋張愛玲的中晚年寡產，通常說法是生活艱難。看病看的是窮人醫院，睡行軍床，一疊紙盒權充寫字檯，環境如此惡劣，當然有礙寫作。

我卻認為「命窮而後文窮」這說法並不能套用在張愛玲身上。物質條件也可以有完全相反的解讀：極儉生活並非受逼，而是為了預防缺錢。她若真缺錢，其實不缺財源，電影版權抬高價格不就得了？全集出版也可以要求更高預付。張愛玲是刻意把金錢需求壓到最低，沒想到竟因此把創作火苗也一起澆熄了。文窮，正是不缺錢的不幸副作用。

命窮不會帶來文窮，例子有《尤利西斯》，喬伊斯寫作時是當一天家教，才能為一家四口覓得一晚住宿。窮到天天搬家，還要養妻養兒女，書還不是寫出來了？更多的例子，是命窮反而帶來多產。巴爾札克二十幾歲就生意失敗，欠下十萬法郎（今天不只五千萬台幣），一輩子只好寫寫寫，管他有沒有靈感。狄更斯不能說命窮，但絕對缺錢，十個小孩嗷嗷待哺，一票窮親戚不時上門借錢，與小情婦同居後還必須多維持一個家，為了錢，也只好夜夜寫到腦皮發燙。

張愛玲就是不缺錢才寫那麼少，我敢這麼說，因為她創作力最旺的那兩年，錢的確是重要動力。她要養活自己，要付房租，據《小團圓》所述，還急於還錢給母親。一九五六到一九六七，她與賴雅貧賤夫妻，必須籌錢給賴雅治病，這應該是她一生最缺錢的時期，期間她差不多三年寫就《雷峰塔》、《易經》六十萬言，也算有相當寫作成績。但等賴雅過世，她進入柏克萊中國研究中心做事，舊作又重新出版，開始有版稅收入，基本溫飽就不成問題了。兩大報最有錢的八〇年代，女神若有新作，什麼價碼不可能？偏偏她已「君子固窮」，心如止水了。

張愛玲在六〇年代的人生轉折當然不只賴雅過世，金錢壓力解除。一九六一年夏志清《中國現代小說史》在美問世，促成她舊作一九六八年在台出版，讚譽從此紛至沓來。這一轉折，對創作力可能也是大挫傷。

我說讚譽有害創作力，許多寫作者一定覺得很奇怪。筆耕何等寂寞，大多數寫作者根本是靠讚譽撐下來的。杜斯妥也夫斯基多虧第一本書《窮人》被別林斯基捧成「新的果戈里」，才成就後來的文學事業。何況，「成名要趁早」不是張愛玲名言嗎？讚譽怎會害到她？

早成名的痛快，費茲傑羅最了解箇中滋味。他寫過〈年少成功〉（*Early Success*）一文，回憶自己二十四歲以《塵世樂園》一書暴得大名，稿費從一篇三十元暴漲成一千。美夢太快成真，以後幾年都以為人生是「一場不散的濱海嘉年華」。末了他感嘆，作家若是成名太早，就會以為運筆行文只需天縱英才，不懂得自立自強。這時他四十出頭，已經油盡燈枯。

張愛玲的狀況與費茲傑羅不盡相同。費茲傑羅生前只成過一次名，稿費暴增那種名。四十四歲過世時，他只是個過氣的大眾小說寫手，文壇並不認識他，等到

《大亨小傳》被經典的造王者「發現」，已是死後多年。張愛玲卻兩次成名都在生前，第一次是二十三歲，比費茲傑羅還早，第二次則年過四十，離將來大去還有三十幾年。

照費茲傑羅的說法，四十歲成名是好事，因為這時作家已懂得與命運拚搏，禁得起大風大浪。那為什麼張愛玲第一次成名，創作宛如火山爆發，第二次卻讓編輯讀者望穿秋水？

我想，對創作力來說，成名早晚可能沒那麼重要，名聲的性質才是重點。稿費上漲之名對創作是一種激勵，因為金錢是一時的，鈔票在手的感覺何等實在，一定讓人想要把握當下，趕緊再寫下去。文學評價之名則是長久的，正因為不屬於一時，反而不踏實。評價會隨著時間消長起落，難以捉摸。

張愛玲年輕之時，最顯赫的當代英國大家是毛姆、赫胥黎，這兩人二十年後都落得乏人問津，代之而起的是原本聲名普普的勞倫斯。張愛玲寫「成名要趁早」之時（二十七歲），應沒想到哪天成就會被擺在曼殊斐兒同一個秤子上。

文學地位已經確定，還要繼續寫下去，就會擔心砸招牌。最慘的例子是蕭洛霍夫，二十五歲發表《靜靜的頓河》前面四分之三，史詩格局近一千頁，評者譽之為《戰爭與和平》第二。十年後發表最後四分之一，已予人狗尾續貂之感，再過二十八年寫出下一本小說《新墾地》，更是平庸至極，於是讓人懷疑《靜靜的頓河》是盜人手稿，真正作者是某位戰死沙場的白軍軍官克里歐可夫（Fyodor Kryukov）。

約瑟夫．海勒的狀況好一些，三十八歲第一本書成名，果然如費茲傑羅所言，年紀已禁得起考驗，從此自立自強寫下去，後來作品評價都一般，但至少沒人懷疑《二十二條軍規》不是他寫的。問題來了，他在宣傳新書時就必須面臨沒禮貌的提問：「你為什麼後來就沒寫出《二十二條軍規》一樣好看的小說？」他問回去：「別人難道就有嗎？」雖然勉強維持面子，難免令人想起美人遲暮，或富人變窮，都格外受不了別人眼光。

海勒最後一本小說《老年藝術家的肖像》寫的就是這種滋味。主角第一本書就被譽為經典，後來作品都不能比，垂垂老矣覺得受夠別人眼光，就發誓要在死前寫出一本曠世鉅作。他天天逼自己坐在桌前，點子是很多，以特洛伊的觀點重寫《伊利亞德》，把卡夫卡《蛻變》搬到華爾街，把《湯姆歷險記》的主角寫成都會雅痞。但一想到要交代背景，要把人物寫得有血有肉，情節有聲有色，就覺得好累。這種花時間、耗力氣的事應該留給年輕人做。

力氣，一定是許多作家創作無以為繼的一大因素。若不花力氣，即使一流作家也容易落入窠臼俗套。賈島「二句三年得，一吟雙淚流」，並不是真的三年只寫出兩句，而是只有兩句達到自定標準。辛波絲卡一生詩作只有四百首，被問怎麼寫這麼少，就回答：「因為我有字紙簍。」必須非常非常用力，寫出的東西才不必扔進字紙簍。

力氣有時而盡，這點作家就好比運動員，只有幾年巔峰。海明威的比喻最刺激，他說他寫作就像打拳擊，對手還是托爾斯泰。這意象的弦外之音，就是寫作必須心頭糾緊，怒目圓睜，全身筋骨靈動，不然一不留神，寫出板滯文句，就是下巴吃前輩一拳。此時不扔掉重寫，兩三下就被打趴在地了。海明威不喜歡被打趴在地，力氣用盡就舉槍自戕。

不過問題來了，海明威覺得力氣用盡，是不是因為他挑的對象是托爾斯泰？小說之神出拳一定特重，與他對打是不是瘋了？或者問，既然對手是托爾斯泰，照理說沒有新人打得過才對，為什麼海明威年輕時打得生龍活虎，中年卻反而認輸？

須知這是想像的拳賽，輸贏也在想像之中。孟郊形容創作，意象雖沒海明威強烈，但也是一場輸贏：「如何不自閑，心與身為讎。」身是力氣，心是壯志。寫作是拿自己的文學抱負向自己的創作力氣挑戰。認輸可以是力氣用盡，也可以是膽子發虛。

海明威挑托爾斯泰為對手，可見膽子不小。人在年輕時總容易有笨膽，讀托爾斯泰並不是不懂其偉大，而是一派天真，想說《戰爭與和平》不也四十幾歲才出的嗎，反正我有的是青春，「彼可取而代之也」。等到年歲漸長，就明白「文豪輪流做，明年到我家」只是說起來容易。汪曾祺在〈沈從文的寂寞〉中寫過：「我和沈先生到一個圖書館去，站在一架架的圖書前，沈先生說：『看到那麼多人寫了那麼多書，我真是什麼也不想寫了！』」沈從文當時才四十左右，出書已有三十幾本，包含〈邊城〉、〈丈夫〉等經典之作，膽量反而縮回去了。張愛玲見水晶，說過「與其讓許多人受苦，還不如少寫」的話，也是類似的自我貶抑。笨膽不再，文學抱負一定委頓。

不過，張愛玲晚年並不是完全不寫。《小團圓》與〈同學少年都不賤〉都是七〇年代作品，只是不願發表。如果只是顧慮宋淇所謂的「無賴人」，這人死了還等什麼？《怨女》、《秧歌》、《赤地之戀》原以英文創作，她自己譯成中文，卻不譯《雷峰塔》、《易經》，但也沒銷毀，可知只是生前不想發表，死後則隨大家便。如此看來，張愛玲顧慮的恐怕就不只一位「無賴人」了。

她年輕時說「成名要趁早」，絕沒想到名聲應該剛剛好，足以賺稿費，足以與李香蘭一起參加晚會，這樣不大不小的名聲才痛快。如果太大，大到有粉絲偷翻垃圾，就會變成痛苦。她不願搬到台港住，也不接受訪問。討厭見人，難免就連帶要討厭以內心世界示人。偏偏，寫作正是要以內心世界示人。寫畢而不發表，就成了唯一選項。

刻意等死後才發表的例子，有《墨利斯的情人》。小說寫成於一九一四，卻壓到一九七一年出版，如果不是作者佛斯特（E. M. Foster）過世，可能還要繼續壓下去。一壓近一甲子，原因可不是男男戀有多禁忌。鮑德溫（James Baldwin）一九五六年出版的《喬望尼的房間》也是寫男男戀，就沒引起什麼撻伐。所以佛斯特生前不願出《墨利斯的情人》，不想被問東問西才是真，不是怕什麼文字獄。

佛斯特一系列寫上流社會的小說都出版於第一次世界大戰之前，最後一本《印度之旅》則發表於一九二四。等到一九七〇年他以九十高齡過世，大家都嚇一跳：「他怎麼活到現在？」評者說他停筆四十多年，是因為厭倦再寫異性戀。但《墨利斯的情人》的例子卻告訴我們，同性戀他是想寫的，但一想到會被對號入座，被問東問西，就寧願先進棺材。

這種寧死不願面對讀者的性格，張愛玲也很明顯。不願接觸人乾脆不再寫作，更有名的例子還有《麥田捕手》的沙林傑。他一九六五年後徹底隱居，二〇一〇年過世，現在沙迷們還不願相信他那四十五年間真沒寫出新作，還在巴巴期待。

張愛玲不想面對讀者，胡蘭成應是一大原因。不只因為他是漢奸，也不只因為他到處與女人「做了夫妻」，害女人坐牢還沾沾自喜「也很好」。他讓張愛玲難堪，主要是因為張愛玲老早在小說寫過這種男人，例如處女作〈沈香屑第一爐香〉中的喬琪喬，還有〈封鎖〉中的呂宗楨。筆下對無賴男人如此看透，自己遇到卻照樣上當，就算別人禮貌不問為什麼，她本人恐怕也不想給人施展這種禮貌的機會。於是，作品寫完壓下就很合理了。發表欲沒了，筆的熱度自然冷下。

如果以上假設是真，那麼所有的求稿編輯，還有廣大的讀者粉絲，都屬共犯結構了。大家太喜歡她，才害她變得不願以內心世界示人，因而文思遲滯。

不過我們也許不該自責。畢竟，她中晚期已有許多重複，《怨女》是重寫《金鎖記》，《小團圓》是《雷峰塔》、《易經》抽出一部分重寫，〈同學少年都不賤〉與〈相見歡〉則是重新使用〈留情〉的故事元素。因此張愛玲停筆還有另一種可能，就是沒有新題材。

二十二、三歲下筆奇快，因為都是她小時聽來的故事。密契爾女士就是把小時聽來的故事全寫進《飄》，才寫不出第二本。多少讀者巴盼著《飄》續集，也只好等她死後，由別人去寫出來。梅爾維爾活七十二歲，三十二歲出《白鯨記》，三十八歲停筆不再寫小說，一般看法是當年書評太糟，沒給他該有的評價，才澆熄創作熱情。厄普代克卻獨排眾議，以〈梅爾維爾退出文壇〉（*Melville's Withdrawal*）一文細細解釋，說梅爾維爾最擅長的題材就是海洋，他寫海洋除了《白鯨記》還有許多優秀中短篇，後來改寫言情小說就慘不忍睹，當然要停筆。後人沒必要怪罪誰誰，梅爾維爾就是材料用完了，就這麼簡單。

不過，張愛玲二十三歲倒是曾在〈寫什麼〉一文中表示，題材限制根本不是問題。「文人只須老老實實生活著，」她寫：「像戀愛結婚，生老病死，這一類頗為普遍的現象，都可以從無數各各不同的觀點來寫。」果然，張愛玲晚年作品與年輕時最大的不同，並不是取材，而是表現手法。

許多張迷喜歡張愛玲，正是喜歡牆上一抹蚊子血、衣服上一粒飯黏子這類佳句。她晚期已完全不寫這種句子，讓張迷覺得少掉許多趣味，殊不知這正是張愛玲自我超越之處。

晚期作品一大特色，就是非常省筆，讓人想起她五〇年代譯過的海明威。海明威寫小說，有一套知名的「冰山理論」：故事應該是一座冰山，小說家應該只摹寫海面露出的小小一角，將龐大山體隱藏在海面下。「冰山理論」的小說如果只讀一遍，頂多只能鳥瞰布局，完全無法對焦。必須二讀三讀，反覆推敲其言外之意，每一句、每一細節的真正意義才會清楚浮現。

〈相見歡〉就是一則「冰山理論」小說，通篇以對話寫成，令人想起海明威名作〈白象似的群山〉。〈白象似的群山〉全沒提墮胎，卻正是寫男勸女墮胎，結尾女生對男生說「我很好」，重點卻是女生已下決心分手。〈相見歡〉也是類似筆法，對白一直強調荀太太多麼不幸，事實卻正相反，她其實比聽她抱怨的伍家母女倆都幸福。但故事重點也不在三個女人的幸與不幸，而是伍家母女對荀太太故事的不同反應。讀〈相見歡〉全不像讀〈傾城之戀〉，因為〈傾城之戀〉的樂趣來自作者給的轉折，一事接一事；〈相見歡〉的樂趣則來自看山不是山、看山又是山之後的恍然大悟，發生轉折的亦不是情節，而是讀者本身的理解。

這是我對張愛玲中晚年寡產的第八種解釋，就是她給自己選了一種非常耗力氣，讓她沒辦法多產的風格。如果還是要寫〈傾城之戀〉那種一事接一事的小說，她覺得何必，又不缺錢！

到這裡，大概已有張迷在惋惜，她何必好強，幹麼一定要跟海明威比賽拳擊呢？看，害自己在最後十七八年交了白卷！但我要問，除非是學者，誰會記得梅爾維爾、佛斯特活幾歲，幾歲停筆？百年後，張愛玲就是文學史上一個名字，就跟曹雪芹一樣。未來的讀者只會讀她未被時間淘汰的作品，並不會問哪一篇是幾歲寫的，幾歲到幾歲之間沒寫。她生前應該已想透這一點，所以寧願交白卷，也不願重複自己。

生前未刊為哪樁？

作家離世書才問世，有時原因一點都不蹊蹺。最單純的狀況，是寫完沒來得及發刊，作者已經嚥氣。這種作品可說是「遺腹子」，例子有珍·奧斯汀《勸導》、海明威《流動的饗宴》。有時不是來不及，而是有阻力。這阻力可以是政治，例如布爾加科夫《大師與馬格麗特》，一九三七年寫成，卻過不了蘇聯文字審查，因此要遲至一九六七，也就是作者死後二十七年，才姍姍在境外（西德法蘭克福）問世。阻力也有可能是伯樂難遇，美國作家約翰·甘迺迪·涂爾（John Kennedy Toole）一九六四年寫成《笨蛋聯盟》，卻找不到出版門路，一九六九年自殺，之後他媽多年鍥而不捨，鐵了心，厚著臉，纏擾一家接一家出版社，才終於在一九八〇年付梓，旋獲得普利茲小說獎。

這種書出版，在世人眼中不只不是發死人財，還是救稀珍於水火。我在美國念中學時，就在電視上看過好幾次涂爾寡母，都是深夜的談話節目，螢幕裡她已不良於行，但坐下來罵起紐約出版界有眼無珠依然中氣十足。她講自己如何不屈不撓，抱著亡子孤稿四處碰壁，鏡頭都會帶到觀眾拭淚的特寫。等她講到書獎盛典代子領獎那一刻，全場更是再忍不住，同時鼓掌起立，山呼海嘯向這位八十歲老太太致敬。

張愛玲《小團圓》、〈同學少年都不賤〉都是死前多年早已寫成，死後多年才面世，狀況當然不比《勸導》、《流動的饗宴》。比起布爾加科夫與涂爾，也只是一段時間類似而已。《小團圓》寫成於一九七六，作者曾興沖沖要快點出版，宋淇卻警告她「無賴人」可能興波作浪，這可算一種出版阻力。但是胡蘭成一九八一年亡故，這顆大石已經滾開不再擋路。至於〈同學少年都不賤〉，其寫成時間已經難考，但是張愛玲在一九七八年八月曾在致夏志清信中提到「外界的阻力」，指的當然是小說內容觸及當時台灣言論地雷，也就是美中關係與留學生回歸，但這地雷於解嚴（一九八七）後已經剷除。此後，二作遲不面世的原因就不是《大師與馬格麗特》、《笨蛋聯盟》那種了。

張愛玲在同一信中既然告知夏志清〈同學少年都不賤〉「已經擱開了」，不免讓我想起文學史上另一知名的擱開之作，作者明明是當時風行最多國、銷量最龐大的小說家，卻把精心之作一擱就擱到老死，落得眾子孫、眾書迷全不知有這麼一部手稿傳世。直到死後八十四年，曾孫才意外在故紙堆中發現曾祖遺稿，出版離寫成竟已一百三十一年。

這本小說就是一九九四年轟動法國讀書界的《二十世紀的巴黎》。作者凡爾納於一八六三年寫成，是一本預言小說，預言百年後的巴黎只剩下金融、貿易、製造三種行業，文藝已無立椎之地，雨果早被遺忘。書中描摹的科技設施目不暇給，許多皆被作者言中，例如摩天樓、高鐵、電腦。最料事如神的，是戰爭機器的威力已足以一發動就保證毀滅全世界，竟讓國際間戰事因此絕跡，這不正是一九六〇年代的冷戰思維？出版人艾澤爾（Pierre-Jules Hetzel）卻嫌小說裡有太多陰霾，出版會壞了作者行情。艾澤爾勸凡爾納為自己新近鵲起的文名著想，先別出版這本，還勸他多著力寫冒險故事。果然，凡爾納緊接在一八六四年出版《地底旅行》，一八七〇年《海底兩萬哩》，一八七三年則是更加膾炙人口的《環遊世界八十天》，這些書讓他大富大貴，想必貴人多忘事，竟因此忘了《二十世紀的巴黎》。但另一可能是他晚年棄筆從政，還對採訪者說小說已死，不以為寫小說於今還有任何意義。這表示他已移情，對年輕時的嘔心瀝血再無感覺了。

以現存資料來看，張愛玲在一九七八年之後就沒再提起〈同學少年都不賤〉，那她有沒可能像凡爾納那樣，對這篇徹底忘情？應該可能性不大。凡爾納是在創作的上坡期寫下《二十世紀的巴黎》，擱下後，文學生涯才開始花團錦簇。張愛玲卻相反，小說創作在〈同學少年都不賤〉後就戛然而止。想她晚年何等惜字如金，說她會把絕筆作擱到徹底忘情，太說不過去。

在同一封信裡，「除了外界的阻力」與「已經擱開了」之間，還有以下字句：「我一寄出也就發現它本身毛病很大」。〈同學少年都不賤〉出版後一直不受青睞，正是被這句害死。無獨有偶，《小團圓》儘管暢銷，讀者卻一直醉翁之意不在酒，興趣不在文學而在窺私，評價也一直負大於正，恐怕也是受她書信片面之詞的影響。一九九三年七月三十日致編輯方麗婉：「《小團圓》恐怕年內也還沒寫完，還是先出《對照記》。」白紙黑字，彷彿張愛玲親自宣示兩部作品是未定稿，還有瑕疵待修正，因此是未完成。

然而，什麼是未完成？完成與未完成，二者可以涇渭分明？作品優劣評價，應該看作者有沒定稿來決定？以下，請看文學史四個未完成之例。

第一例是狄更斯《德魯德之謎》，其未完成是一翻兩瞪眼的那種。狄更斯曾預告小說將分十二期雜誌連載，結果才寫到第六期就以五十八歲之齡腦中風謝世。那年是一八七〇，狄更斯名聲何等隆重，讀者殷殷期待下回分解的小說這樣攔腰截斷，當然很難接受，果然狄更斯作古不到三年，市面上就出現三種魚目混珠的完整版，其中一種的續書者還自稱狄更斯靈魂附體，字字皆無偽造。這當然是褻瀆死者，是百分百的發死人財。如今，各種狗尾續貂皆已被時間淘汰，只留下前半部原作還在企鵝、牛津等經典文庫裡，供狄迷憑弔。

到了二十世紀，小說家寫作方式已大異於狄更斯，不再是一章章照順序往下寫，也不再寫完就寫完，不復挪移刪補，因此就有了海明威《伊甸園》未完之憾：起筆於一九四六，十五年間數易其稿，多次岔開去寫別書，別書寫差不多再回來大改這本，如此來回反覆，以致在海明威一九六一年自殺時，《伊甸園》已成為多種稿本相疊的高高紙堆。

大家都以為不會看到書成之日了，沒想到出版社在一九八六，也就是海明威死後二十五年，還是讓小說堂堂上市。一開始風評極好，名家如厄普岱克也忍不住讚嘆，不是傳說中的無救之稿嗎，怎麼可讀性如此之高？原來，編輯詹克思（Tom Jenks）除了拿多種稿本剪剪貼貼，還掄起大板斧，把二十萬字四十八章砍成七萬字三十章，連故事副線也整個砍掉。主線講一男二女，有男女戀也有女女戀，副線則講二男一女，看得出是為了與主線的三角關係互為對照。詹克斯卻嫌副線尚不成胎，無法融進小說，乾脆整個刪去。

由此可知，《伊甸園》的未完成是因於作者的藝術企圖。如果不寫副線，就不會落得刪改未定，老早就完成了。《紅樓夢》應該也是類似狀況。一般人總以為《紅樓夢》未完是曹雪芹沒活著寫出後四十回，包括張愛玲的許多紅學家卻指出前八十回亦存留許多增刪未定的缺縫。想來程偉元、高鶚即古之「詹克斯」，他們在準備刻本之際，一定是剪刀、漿糊、新舊多種稿本攤滿桌的。

顯然，張愛玲並不像狄更斯與海明威。《小團圓》、〈同學少年都不賤〉都曾經謄寫乾淨寄出。擱下後有沒拿出來重寫我們不知道，只留下一稿卻是確定的。不需靈魂附體狗尾續貂，也不需要「詹克斯」。然而，既然《小團圓》曾有銷毀之意，以下就必須考量第三與第四種未完成之例。二者之未完成可說是天差地遠，兩位作者卻同樣留下銷毀遺願。

眾所周知，若不是馬克斯·布羅德違背好友遺願，我們今天就不可能讀到卡夫卡《審判》、《城堡》、《美國》這三種經典。《美國》和《審判》都起筆於一九一四，《美國》近尾一連數章骨肉不全，《審判》雖然有頭有尾，中間卻有許多不接榫。卡夫卡沒把二書寫完，就在一九二二年岔開去寫《城堡》。一九二四年過世前，他曾興沖沖將心目中的《城堡》結局告訴布羅德，後來又喪氣說罷了罷了，請焚毀所有遺稿。因此，《城堡》最後一句只造一半：「她說的很不好懂，但是她的話」——再來就沒了。

六〇年代後，卡夫卡手稿陸續變成英德圖書館藏，經過學者比對，世人才知布羅德做了多少加工，連卡夫卡沒寫的都幫他寫了。但是，真正驚人的卻是手稿的零亂程度。卡夫卡常常一句未完，就急著寫下句，也常先跳去寫後章，再回來寫前章，章亦沒編號。彷彿他腦中靈感是一根失控的噴槍，水柱飛旋胡亂射，書寫於他就是提水桶跑著接，接到多少算多少。手稿未經謄抄，常常潦草寫完整頁又整頁刪去。但若不讀刪去文字，讀者根本無法理解來龍去脈。這不禁讓人起疑，他到底有沒想過要完成？他只活四十一歲，留下三本未完成長篇。就算他活到八十，有沒可能只會再多二十本未完成，這三本還是不可能完成？

說「不想完成」可能是卡夫卡天性一部分，這事雖然罕聞，其實也不是不可能。完成需要一個反覆校訂的過程，這點卡夫卡顯然欠缺意志。他太忙於寫還沒寫下的東西，無暇靜下心訂正已寫下的部分。其實，創作者不想完成作品，最有名的例子還不是卡夫卡，而是達文西。瓦薩里〈達文西傳〉讀下去簡直就是一長串雖佳妙惜未完成的作品清單。連舉世第一名畫〈蒙娜麗莎〉也是沒畫完就擱下，一擱十五年，至死依然沒畫完。看達文西筆記本可知，他靈感比卡夫卡多很多，橫跨藝術、機械、數學、建築、人體解剖，光想的就好忙了，怎有時間執行？有執行的那些，如〈蒙娜麗莎〉，也往往執行一半就無以為繼。佛洛伊德為這現象寫過一篇名文，半想像半推論，咬定達文西一定有什麼過童年創傷。但是，這應該是扯遠了，達文西不過就是太要求完美而已，害他越接近完成，握畫筆的手就越不聽指揮。

這種對完美的超高要求，也可以解釋文學史上另一個知名的，同樣也未被遵從的焚稿遺願。維吉爾是古羅馬最偉大詩人，他在西元前十九年嚥氣前特別囑咐門生，既然《埃涅阿斯紀》已無法完成，請切記幫他燒掉手稿。幸好奧古斯都皇帝下旨擋住，命令發刊，這首羅馬建國史詩才得以流傳。經過時間淘洗，此書地位已不只是蒙田、莎士比亞多次引用的文學經典，還成了傳說中的占卜奇書。百姓問婚嫁，君侯問國祚，都常拿出一本《埃涅阿斯紀》，擲骰子得一詩行，稱「維吉爾卦」（Sortes Vergilianae）。最有名的一次是十七世紀英國內戰，查理一世求到的詩卦正是第四章迦太基女王自戕前對埃涅阿斯的惡咒，大凶，果然查理的下場是叛亂罪砍頭示眾。

問題是，這書哪裡未完成？今日讀到的《埃涅阿斯紀》不只有頭有尾，中間亦行雲流水句句緊扣，後人並沒改動一字，因此學者推論，維吉爾所謂的未完成，應是書中有三或四行不盡貼合詩格。維吉爾在生命燭火將滅未滅之際，想必猶在苦想那幾行格律，鑽牛角尖出不來，遂把這小缺陷放大再放大，竟要完美的其他九千八百九十餘行一起陪葬。《埃涅阿斯紀》一出世就遭殺劫，不免讓人想起福音書中的耶穌，或小說中的哈利波特，其九死一生必藉由天助，玄之又玄，難怪這書到千年後猶有天機可洩，有神通可顯。

從遺稿狀態看來，張愛玲顯然不是卡夫卡，但是不是維吉爾就難說了。想想看，連《埃涅阿斯紀》這樣的文學瑰寶都可能因小小瑕疵被作者欲其速燬，張愛玲那句「《小團圓》小說要銷毀」我們要如何當真？就算當真，也只意謂在一九九二年三月寫下那句話前後，張愛玲對《小團圓》全書之瑜瑕斟酌曾一度走火入魔，魔火燒得她極痛苦，遂如維吉爾一般有了毀稿之念。念頭顯然打消了，所以一年七個月後給編輯陳皪華的信中又寫：「《小團圓》一定要盡早寫完，不會再對讀者食言。」

如果真有在重寫，為什麼沒留下二稿三稿？不只《小團圓》沒有，信中曾宣稱「發現它本身毛病很大」的〈同學少年都不賤〉也沒有。一種可能是重寫大半天，效果都沒超過一稿，乾脆扔掉，免去別人「詹克斯」的苦工。若是這狀況，她壓住兩部作品就只是吹毛求疵，只是把自己變成另一個維吉爾或達文西而已。但另一可能是根本沒重寫，反正已抱定主意要死後才出，也不想解釋為什麼，就在信上用「毛病很大」或「一定要盡早寫完」這些話來搪塞。

生前就抱定要死後刊布的，有以下四例。先討論女詩人艾蜜莉・狄金森（一八三〇—一八八六），因為只有她跟張愛玲一樣，也曾把謄清稿寄出，之後又表明無發表意願。

狄金森死後留下詩作近一千八百首，生前卻只發表十來首。嚴格說，那十來首是否算投稿也值得商榷。她只是寫信給編輯，附上詩作問對方意見，是編輯自作主張，逕予修改刊出。一八六二年，評論家希金森（Thomas Wentworth Higginson）在給她的覆信中表明，她作品若想發表，大改絕對免不了。從此，她不欲發表的意願就很明確了，翌年還寫下詩作七〇九號，開頭四行：「出版是一場拍賣會／賣的是人的思維／這勾當如此醜惡／正當理由唯有貧窮。」這裡的比喻是街頭叫賣黑奴，將黑奴縛繩成串一字排開，供選購者亂摸亂捏，討價還價。意象如此羞辱，可見這時的狄金森對出版相當排斥。

她恐懼的出版之玷是什麼？是編輯修改？如果是，為什麼不以遺囑表明寧不出版也不可修改？死後四年，她家人在希金森協助下，陸續幫她出版各種詩集。因為她的標點、大小寫、斷句分行實在太奇特，越早出版的往往改動越多。說來不可思議，真正忠於原作的《狄金森詩全編》竟然遲至一九九八才面世，離她過世已經一百一十三年。

然而，狄金森在同一首詩也說，詩思畢竟為造物主所賜，詩人應該將它裝進包裹，保其雪白無玷，傳給一理想讀者。這麼說來，她是重視作品傳世的。果然她死後，家人在她房內尋得四十本手抄詩集，不只自抄，還親手自縫。而且，現藏哈佛圖書館的狄金森手稿有一特色，就是許多詩作都不只一種親筆稿。原來狄金森與人通信常夾帶一束新詩，可見只要是信任的讀者，她都願意多多獻寶。因此我們不免懷疑，她所指的出版之玷是壞讀者。但問題來了，如果只是不喜歡壞讀者，幹麼不效法林黛玉，親手燒掉詩稿，幹麼費心把散葉自縫成冊？死後也會遇到壞讀者呀。這就要回到「出版是一場拍賣會」的意象，她受不了的是亂摸亂捏討價還價，一旦雪白無玷去見上帝，就不必擔心這種羞辱了。

要說張愛玲跟狄金森一樣是受不了壞讀者，其實有個最好的呈堂證供：一九七九年發表的〈表姨細姨及其他〉。半年前才發表的回應文章〈羊毛出在羊身上〉行文相當憤怒，但這憤怒只針對張系國一人，這篇〈表姨細姨及其他〉則毫無火氣，對回應對象林佩芬何止客氣有加，簡直是感激。文中把林佩芬有眼不識〈相見歡〉之處一一條列，同時不掩自己為了回應而必須如此費周章的屈辱感：「短短一篇東西，自註這樣長，真是個笑話。」她怪自己寫作「顯然失敗了」，但是再讀下去，就發現大才女並不是真的自認為寫不好，而是感嘆讀者程度太差：「這種隔閡，我想由來已久。我這不過是個拙劣的嘗試，但是『意在言外』『一說便俗』的傳統也是失傳了，我們不習慣看字裡行間的夾縫文章。」至此，我們明白她幹麼感激林佩芬了：今世讀者沒能力讀夾縫文章，這可怕現實她是讀了林文才意會過來，她謝謝林佩芬讓她知道這麼重要的事。《小團圓》、〈同學少年都不賤〉二作的夾縫文章都跟〈相見歡〉一樣多。有〈相見歡〉前車之鑑，張愛玲對讀者已不抱任何期望。當然，壓到死後還是會有許多壞讀者。但至少，屈辱的自註就不必寫了。

再來二例，都是創作當下就打定主意要死後出版的。佛斯特（E. M. Foster）《莫利斯的情人》一九一四年寫成，只給三五好友傳觀，出版要等到作者以九十五高齡去世之後，其時（一九七一）離寫成已五十七載。一開始壓下還情有可原，男男戀在當時的確很禁忌，但這禁忌到二戰後已漸漸消散，一九六七年同性戀在英國更是整個除罪化，友人都敦促佛斯特別再蹉跎，他卻不改其志。書前獻辭「給一段幸福歲月」，可知是為了保存青春美好記憶。但又堅持死後出版，可知是不希望在晚年受窺私之擾。

《小團圓》一開始壓下是因為「無賴人」，但是胡蘭成過世後幹麼繼續壓？一大可能是為了親人感受。不像是為了弟弟張子靜，一來書中並沒什麼了不起的揭露，二來張愛玲晚年表現的姊弟情誼也很淡（明白拒絕接濟他，卻多次匯款給姑姑），壓著不出應該與他無關。為了姑姑卻極有可能。張茂淵雖已於一九九一年過世，姑丈李開第卻比張愛玲晚兩年過世。《小團圓》寫作時，張愛玲並沒想到兩年後中國即將改革開放，姑姑將與她再次聯繫，姑丈還會成為她在中國大陸的著作代理人。書中揭露的姑姑情史，張愛玲可能必須考量姑丈感受。

不過，書中暴露最多隱私的，當然是張愛玲自己。她晚年越來越怕擾，加上八五年垃圾事件，一定帶給她極大震撼，這些都構成自身痛史揭露時間往後延的充分動機。但還有另一可能，就是書中滿溢的悔罪之痛。《雷峰塔》、《易經》是在母親亡故不久起筆，二書皆沒流露這種痛，可見張愛玲對亡母的罪疚之感是從無到有，與年俱增。《小團圓》書名典出目連戲，隱含張愛玲期待下地獄與母親再團圓之意。晚年體力日衰，心知這地獄團圓之日越來越近，悔罪之痛一定越來越尖銳，出版不啻傷口撒鹽。

《馬克吐溫自傳》是還沒創作就決定死後出版，但馬克吐溫更狠，特別聲明死後百年才能出完整版。他一九一〇年過世，自傳是在生命最後四年口述，捨筆寫而就口述並非體力不足，而是為了暢所欲言。本來大家都在猜裡面有什麼勁爆內容，二〇一〇年第一冊問世，讀者就明白了。書中火力全開，罵政府，罵商人，罵跟他合作過的律師和出版家，也罵租房子給他的義大利房東。故意壓一世紀，用意應是不想傷害人。

把〈同學少年都不賤〉搞懂，就會發現它含蓄歸含蓄，其實是一本可能傷害人的書。傷害的對象，還是作者的廣大粉絲。小說中，趙珏對恩娟有一大堆幻想投射，這些幻想往往來自趙珏自身經驗，例如自身婚姻不幸，就想像恩娟婚姻不幸。同時趙珏對恩娟也有很強的好奇心，例如末尾信中那句：「（你先生）恐怕來不及回來過聖誕節了？」問得莫名其妙，只能說是窺私欲極強。張愛玲通篇皆不點破趙珏真實心理，只用曲筆反筆，這是「冰山理論」的絕佳示範，恐怕連海明威本人也沒寫過海面露出如此之小，隱藏山體卻如此龐大的冰山。照海明威的說法，隱與現的比例愈懸殊，小說就愈成功，但前提是作者必須把隱而不寫的東西洞悉剔透，才有辦法不寫它卻通篇指向它。那麼，張愛玲對趙珏的洞悉剔透是來自哪？除了多年來張迷對她的瘋狂崇拜，還有別樣嗎？

我說趙珏原型是廣大張迷，呈堂證供就在一九七六年發表的〈關於《笑聲淚痕》〉，文中清楚表示她不屑讀有關她的文章，因為都是自我投射：「對於講我的話一點好奇心都沒有。提起我也不一定與我有關。除了纏夾歪曲之外，往往反映作者自身的嘴臉與目的多於我。」寫張愛玲的作者絕大多數不都自詡張迷？把張迷化作趙玨，當然有點殘忍，但是想想，張愛玲人生最後三十年，生活的最大變化不就是變成萬人迷？奇才如張愛玲若沒從這經歷獲得小說靈感，那才真奇怪。

沒錯，以上只是我的推論，〈關於《笑聲淚痕》〉那段話也只算間接證據。以張愛玲的個性，就算今天有人觀落陰，拿著麥克風遞到她的魂面前：「請問你為什麼生前不出版《小團圓》與〈同學少年都不賤〉？」那魂（如果真是她的魂）應該只會以「一說便俗」回應。到頭來，答案也只能是讀者的自由心證。看不出二作好在哪裡的一定覺得《伊甸園》、《二十世紀的巴黎》狀況最接近。我個人則認為《小團圓》與〈同學少年都不賤〉成就超過她早期作品，因此，歌德才是我心目中跟她情形最接近的文豪。

《浮士德》第一部（一八〇八）與第二部（一八三二）出版間隔了二十四年，第二部是歌德八十二高齡過世之後才問世。一直到最後的神志清醒時刻，歌德都還在訂正第二部。事實上，創作《浮士德》的歲月也不只三十年。根據死後發現的遺稿，初稿其實在二十四歲（一七七三）就已經起筆，還在《少年維特的煩惱》之前。五十九歲出第一部，其實已是三十幾年多次增補擴張的結果。可以說，歌德對《浮士德》如此珍視，有生之年從未真正停筆。

張愛玲一九七五年九月在信中寫道：「《小團圓》因為實在醞釀得太久了，寫得非常快。」《小團圓》第八章，戰爭一結束盛九莉就跟邵之庸說：「我寫給你的信要是方便的話，都拿來給我。我要寫我們的事。」這麼說來，早在張愛玲二十五歲（一九四五），《小團圓》就已在醞釀了。醞釀三十年才寫出的作品不可能不被作者珍視。

《小團圓》是張愛玲的《紅樓夢》，〈同學少年都不賤〉則是絕筆。她曾在〈惘然記〉一文中解釋，為什麼〈相見歡〉、〈浮花浪蕊〉、〈色，戒〉都是舊作，卻都擱三十年才發表：「愛就是不問值得不值得。」擱著不發表的原因是愛。《小團圓》、〈同學少年都不賤〉雖然都擱到作者大去，其實離寫成也不到二十年，以她的標準真的不算什麼。雖然她坦言〈相見歡〉等作都有經過改寫，《小團圓》、〈同學少年都不賤〉則沒留下二稿三稿，但這並不意謂她有停止推敲斟酌。何況，歌德的例子已告訴我們，作家珍視起作品來，是願意生死以之的。

悔罪之書《小團圓》

許多人欣賞張愛玲，最欣賞其造句華麗，殊不知許多名句，當作散文當然是上乘，在小說中卻是敗筆。〈傾城之戀〉看一百遍，范柳原依然面目模糊，正是被那些文藝腔所害，「這堵牆」還有「執子之手」之類，與他的背景身分太不搭。〈金鎖記〉也是：「晴天的風像一群白鴿子鑽進他的紡綢袴褂裡去，哪兒都鑽到了，飄飄拍著翅子。」把詩詞般的意象放進曹七巧意識，不啻狗嘴生出象牙。

張愛玲很早就明白這麼寫有問題，所以在〈紅玫瑰與白玫瑰〉裡面：「風吹著的兩片落葉踏啦踏啦彷彿沒人穿的破鞋，自己走上一程子。……這世界上有那麼許多人，可是他們不能陪著你回家。」也是曠世名句，但是下面接著：「振保並沒有分明地這樣想著，只覺得一陣悽惶。」這就像有位畫師最會畫獸足，就手癢幫蛇添上四足，又怕別人怪他畫錯，於是一旁附註：「蛇其實無足，只是爬行相當伶俐。」

到了晚期作品，張愛玲就不再以華麗造句去描摹角色心態。如果不靠「風吹著的兩片落葉」這種句子，創作者要怎麼形容男主角「覺得一陣悽惶」？

答案，依張愛玲〈談看書〉一文的說法，她是在人類學家奧斯卡．路易斯的《拉維達》（*La Vida*）一書找到的：「書中人常有時候說話不合邏輯，正是曲曲達出一種複雜的心理。」也就是，創作者可以利用角色說話的方式，故意讓讀者去發現角色的難言之隱，或欲蓋彌彰，或欲語還休，或思考盲點。

《拉維達》是一九六七年美國書卷獎得主，得獎的類別是科學類，沒想到張愛玲卻從中體悟到中國古典小說技巧的奧妙。因為西洋小說（還有她自己的早期小說）常倚賴心理描寫，往往「從作者的觀點交代動機或思想背景，有時候流為演講或發議論，因為經過整理，成為對外的，說服別人的，已經不是內心的本來面目。」不像中國小說具有含蓄這種優點，「含蓄的效果最能表現日常生活的一種渾渾噩噩。」

張愛玲是一九六七年在哈佛燕京圖書館第一次讀到《紅樓夢》各種早期版本，發表〈談看書〉的一九七四正是十年「紅樓夢魇」的第八年。第九、第十年，她就全力寫《小團圓》。〈談看書〉如此形容中國小說的含蓄：「像密點印象派圖畫，整幅只用紅藍黃三原色密點，留給觀眾的眼睛去拌和，特別鮮亮有光彩。」但傳統用語則是穿插藏閃、草蛇灰線、襯映烘托。《小團圓》大概是《紅樓夢》之後使用這些手法最密集周詳的作品。光憑這點，《小團圓》藝術成就就足以超越〈金鎖記〉和〈傾城之戀〉。

草蛇灰線一：碧桃來了

所謂穿插藏閃，就是情節寫到甲，讀者正想知道甲怎麼回事，卻偏岔去寫乙，等到終於揭露甲怎麼回事，讀者才恍然大悟甲乙其實同一回事。《小團圓》第三章，讀者想知道蕊秋楚娣在哭什麼，這時卻插進「碧桃來了」，只寫碧桃在哭什麼。幾十頁後真相大白，才知三人其實哭同一件事，就是錢被男人花了。《紅樓夢》穿插藏閃之一例是在六十五回，讀者想知賈珍賈璉如何共一女，作者卻岔去寫下人房中的親嘴摸乳和馬棚中的馬打架。

第二次「碧桃來了」背後亦大有文章。碧桃問九莉是否上了男人當，九莉答沒有，碧桃信了。楚娣懷疑碧桃被人包養，九莉則不信。楚娣說：「自己有這些事的人疑心人，沒這些事的不疑心人。」所以這一段重點在此：九莉至今不願承認自己就是上了邵之庸的當。尖銳的重點藏在表面下，正是古人所謂的綿針泥刺法。

第三次「碧桃來了」在第十一章，九莉聽到碧桃楚娣一起嫌蕊秋對錢剋扣。古人會說這是一擊四鳴：一鳴，五頁前蕊秋才拒拿九莉的錢；二鳴，蕊秋對九莉說過：「困在這兒一動也不能動，我還是看不起錢」；三鳴，碧桃給男人花掉的錢正是蕊秋送的陪嫁，楚娣為男人花的也是蕊秋的錢，兩人最沒資格嫌蕊秋剋扣；四鳴，楚娣曾狂戀蕊秋，碧桃被蕊秋打嘴罰跪則是九莉的最初記憶，現在兩人竟團結起來說蕊秋不是了。

至此可以確定，「碧桃來了」是一條草蛇灰線，金聖嘆〈讀第五才子書法〉形容草蛇灰線如下：「驟看之有如無物，及至細尋其中便有一條線索，拽之通體俱動。」好像劉佬佬三進榮國府，作者用意是見證賈府由榮轉衰，三次「碧桃來了」也是見證蕊秋的眾叛親離，眾親中最重要的當然是九莉。碧桃第一次來，只是楚娣與九莉不和，第二次來，九莉也已經對母親失去感情，第三次來是在還錢拒收之後，九莉已讓母親心碎。

草蛇灰線二：湖畔謀殺案

湖畔謀殺案也是一條草蛇灰線。故事在第三、六章都有出現，留學生為錢殺醜妻，結合了九莉成長期兩大恐懼，錢與醜。第六章，九莉得知母親曾為了救她而跟醫生上床，所以才罵她：「你活著就是害人！像你這樣的人只能讓你自生自滅。」雖然沒明寫，一定有隱約想到那句「你不喜歡的人跟你親熱最噁心」。但是光這些，仍看不出一則謀殺案為何需要占那麼大篇幅，小時聽到的不夠，還加上多年後在美國讀到的探長回憶錄。終於，「拽之通體俱動」的一刻在第八章出現了：邵逃亡之前，九莉與他性事完畢，曾有強烈的殺他念頭。凶器、棄屍方式都想到了，不想為他坐牢才作罷。

如果拿掉湖畔殺人案，讀者一定會以為是九莉占有欲太強，吃醋，由愛生恨。但既然有過那句「你不喜歡的人跟你親熱最噁心」，讀者就能意會九莉這念頭是出於噁心。人可以既愛一人，又覺得他噁心嗎？九莉顯然可以，且看兩人最後一次性事，在第十二章，九莉不願接吻也不願共眠，甚至沒握手，性事本身「竟如入無人之境」，這「竟」字大有「噁心到這樣了竟不反抗」之意。不反抗當然是愛意尚存，所以第二天早上還會主動抱他：「之庸。」但這噁心也有故意的成分：「我們這真是油盡燈乾了，不是橫死，不會有鬼魂。」類似的話在《紅樓夢魘》也有出現，那是一篇剖析高鶚為何憎惡襲人的文章，說他其實憎惡的是自己的下堂妾，憎惡歸憎惡，仍三番兩次去妓院找她（當然就有上床），為了「讓他們的感情漸趨燈盡油乾，壽終正寢，否則不免留戀。」

草蛇灰線三：二選一

二選一的困境也是草蛇灰線。第三章一連寫三個，楚娣問：「喜歡純姐姐還是蘊姐姐？」竺大太太問：「喜歡二嬸還是三姑？」爸爸問：「要洋錢還是要金鎊？」第六章寫了第四個，愛老三問：「你喜歡二嬸還是喜歡我？」但是一直要到第十章，第五個出現，九莉問邵之庸選她還是小康，邵答：「好的牙齒為什麼要拔掉？要選擇就是不好……」這才是「拽之通體俱動」的一刻。前四個本來以為是寫小孩怎麼學會撒謊，第五個卻賦予整條線索全新意義：原來撒謊是因為在乎，因為人必須取捨，邵卻連撒謊都不願，更可見他視九莉如無物。

香港部分的伏筆

許多人抱怨《小團圓》不好讀，敘事跳來跳去，不是好作品。其實仔細研究，每一跳都有其章法。例如，書以母女四次小團圓為骨幹，為什麼順序不是一二三四，而是三一二四？為什麼香港要拿到最前面？

拿到最前面，一定是這部分包含最多伏筆。婀墜嫁給她不愛的李先生，劍妮自甘給李先生做小，都有九莉之庸未來露水緣的影子。兩位同學為漢奸報大打出手，也預示九莉將來必須為愛情付代價。但最大伏筆絕對是蕊秋被當作間諜那段，約會對象去告密，同行都不願照應，預示她結局將眾叛親離。

第七章寫九莉聽荀樺講老虎櫈，好奇歸好奇，腦子卻不吸收，「像隔著一道沉重的石門，聽不見慘叫聲。聽見安竹斯死訊的時候，一陣陰風石門關上了，也許就是這道門。」荀樺是被當作共產黨才坐老虎櫈，九莉身為漢奸的女人，搞不好將來也有她的份。第二章這句話：「現在一陣涼風，是一扇沉重的石門關上了」，至此意思終於明朗：安竹斯死，代表她多年期待之未來，也就是去牛津，已再無指望。她失去了思考未來的能力。與邵交往期間都處於這種狀態。這是個大關鍵，也是香港必須放最前面的另一理由。

第一章另有一段，關鍵意象在後文又不只出現一次。那是九莉隨蕊秋去海邊，瞥見母親的英國軍官男友之後回宿舍：

那天回去，在宿舍門口揿鈴。地勢高，對海一隻探海燈忽然照過來，正對準了門外的乳黄小亭子，兩對瓶式細柱子。她站在那神龕裡，從頭至腳浴在藍色的光霧中，別過一張驚笑的臉，向著九龍對岸凍結住了。那道強光也一動都不動。他們以為看見了什麼？這些笨蛋，她心裡納罕著。然後終於燈光一暗，撥開了。夜空中斜斜劃過一道銀河似的粉筆灰闊條紋，與別的條紋交叉，並行懶洋洋劃來劃去。

這段是香港，除了神龕是象徵，整段都是寫實。但以下這段，在第五章，寫的是上海，不可能有「對海的探海燈」，就整段都是象徵了：

她也只微笑。對海的探海燈搜索到她，藍色的光把她塑在臨時的神龕裡。

《小團圓》中，神龕一直是安全感的象徵，第七章就寫緒哥哥「找到安身立命的小神龕」。九莉在第一章有安全感，是因為母親馬上要去投奔海外的歸宿，羈留香港純是為軍官男友。九莉感覺自己不再是母親的羈絆，因此心情大輕鬆，「她快樂到極點。」至於第五章的安全感，只能說她被初戀沖昏頭，邵是漢奸又有妻室，知道邵昭告天下正跟她戀愛，她應該警覺才對，她卻「恨不得要人知道。而且，這是宣傳。」

強光、灰塵、一雙柱子的意象於第九章開頭再度出現，這次是戲台，全是寫實：

鄉下過年唱戲，祠堂裡有個很精緻的小戲台，蓋在院子裡，但是台頂的飛簷就啣接著大廳的屋頂，中間的空隙裡射進一道陽光，像舞台照明一樣，正照在旦角半邊臉上。她坐在台角一張椅子上，在自思自想，唱著。樂師的篤的篤拍子打得山響。日光裡一蓬一蓬藍色的煙塵，一波一波斜灌進來。連古代的太陽都落上了灰塵。她絨兜兜的粉臉太肥厚了些，背也太厚，幾乎微駝，身穿檸檬黃綉紅花綠葉對襟長襖，白綢裙。台邊一對盤金龍黑漆柱上，一邊掛著「禁止喧嘩」的木牌，一邊掛著「肅靜」木牌與一隻大自鳴鐘，鐘指著兩點半，與那一道古代的陽光衝突。

這時九莉已是漢奸妻，也已經領教過邵的濫情，不可能再有安全感了。果然這段已不見神龕。一直要到第十章，寫九莉在鄉下的遭遇，小神龕才再次出現，而且還一口氣兩個：旅館樓梯口一個，街上榕樹洞一個，但她已不在龕裡。

「古代的太陽」顯然是邵的象徵，第五章兩人熱戀，她寫詩把他比喻為「古代的太陽」。戲台上古代的太陽落上灰塵，即象徵她與邵的感情已沾滿塵埃。這一場景的強光、灰塵、對柱都是在戲台上，代表第一章、第五章「對海的探海燈」亦象徵舞台燈光。不管是第一章的「從頭至腳浴在藍色的光霧中」，還是第五章「藍色的光把她塑在臨時的神龕裡」，九莉其實都像戲台上的旦角，正在演一齣被品頭論足的戲。

第九章是全書最短，只有三頁半，只寫九莉看戲一事。她在觀眾中，整整聽了五次台下嫌台上「怎麼這麼難看」。她在第一章被強光照射時，曾納罕道：「他們以為看見了什麼？這些笨蛋。」如今答案揭曉，這些笨蛋在嫌她難看。她的一場戀情，就是一場爛戲。

倒敘插敘

大量倒敘插敘雖會減緩閱讀速度，卻可以製造意在言外的春秋褒貶。例如兩人結婚，照時程應放第六章邵公布離婚之後，張愛玲卻故意往後挪，先在第七章讓邵形象急轉直下，到第八章九莉討回情書了，才補敘一年前成婚之事。在《小團圓》中讀到「歲月靜好，現世安穩」，只讓人感嘆熱情沾染塵埃之速。同樣八字，與胡蘭成《今生今世》已不是同一回事。

第五章後事倒插於前，第一次性事連寬衣解帶都沒寫，就直接打斷，跳去寫十幾年後墮胎。言下之意當然是性事很不愉快，當下與事後回憶都充滿罪惡感。第六章則前事補敘在後，這次換成蕊秋墮胎。母女都墮過胎，故意不一起寫，兩次都運用「橫山斷嶺」法，這是拿墮胎在敘事上做最大運用。第六章得知母親墮胎，九莉馬上從母親的偷情對象誠大姪姪開始，去回想最初的童年記憶。這段在

《雷峰塔》是一到六章，《小團圓》卻挪到書的中央，變成第三章寫八歲後，第六章再寫八歲前，前後顛倒的道理何在？

答案不難找：得知母親與誠大姪姪有染，讓九莉有童年被侵犯之感，因此開始回憶。也就是說，第六章的回憶不是單純回憶，是重新檢視童年的安全感。第一章有寫，母親一說要找個歸宿，九莉就看到小時候住過的不知哪個房子，「有童年的安全感」。

第六章的童年檢視其實是兩人戀情的分水嶺，甜蜜的都寫在前，苦澀的都寫在後，因為安全感沒有了。

襯映烘托與還錢一幕

書中的襯映烘托相當錯綜複雜。楚娣的德國男友花錢幫她做牙齒，把她變美了，這是反襯蕊秋最後一次回來變醜，因為假牙裝壞了，還要炫耀牙醫愛她。邵與蕊秋之間則是正襯。九莉喜歡蕊秋帶回國的兩幅埃及剪布畫，邵也給她讀兩本埃及童話。第一章安竹斯給的八百塊獎學金被蕊秋拿去賭輸，九莉感受是「一條很長的路走到盡頭」；第十章她終於面對現實，確定邵與小康的關係絕不只是打情罵俏，也是「唯一的感覺是一條路走到了盡頭」。邵逃亡期間，九莉對秀男流淚，對郁先生流淚，卻從來不對邵流淚，正襯映少年寫信給母親的一滴茶，她寧願換紙也不要母親以為看到一滴淚。一上船就大哭，可知與母親住的那兩年不管如何難堪羞辱，她都忍著不哭。

其實，在邵拒絕選擇之後，書中馬上出現第六個二選一，只是比較隱晦。這次沒人要九莉選，是她內心掙扎，該還錢給邵還是蕊秋。她選擇還給母親，除了償債，背後的愛怨交織也超過她本人理解，因此在還錢那一幕，她的所思所言才無比渾渾噩噩。

還錢給邵是斷絕關係，還錢給母親並不是，蕊秋卻流下淚來，以為女兒要斷絕關係，九莉竟不分辯。心裡想的明明是「我從不裁判任何人」，實際出口的卻是指控：「好！你不在乎？」

在這一幕，九莉的殘忍念頭出現得很突然，關鍵的一段只有兩行：「她逐漸明白過來了，就這樣不也好？就讓她以為是因為她浪漫。作為一個身世淒涼的風流罪人，這種悲哀也還不壞。但是這可恥的一念在意識的邊緣上蠕蠕爬行很久才溜了進來。」

九莉的殘忍真是臨時起意？這幕結束，九莉特意照了照鏡子，對自己的面貌完全滿意。可見對母親殘忍，的確讓九莉痛快無比。為什麼？

一種可能，「就讓她以為是因為她浪漫」並非無心插柳。「浪漫」在此指情人眾多。這點，九莉骨子裡是有責怪的。她對母親的道德譴責，最明顯線索在第一章她告訴比比，母親很像考瓦德劇本《漩渦》與赫胥黎小說《迦薩盲目》中的母親角色。

《漩渦》中的茀洛潤絲與《迦薩盲目》中的瑪麗．安柏蕾有個共同點，就是都貌似高雅，但性關係紊亂，結尾也都為此付出慘痛代價。瑪麗．安柏蕾是淪為孤苦藥蟲，茀洛潤絲則是被兒子痛罵一頓，罵她既老又醜又可笑，劇終時哭癱在台上，答應兒子要痛改前非。九莉拿母親跟這兩角色類比，可見：一、她的確在第六章的「發現」前就已知母親跟許多男人上床；二、她也認為母親該為此受懲。她並沒像她自己想的那樣「從來不裁判任何人」。

另一種可能是移情。還錢之時，九莉正處於情傷階段。之庸傷她心，母親也傷她心；之庸到處留情，母親也到處留情。既然之庸與母親簡直一體兩面，母親就瓜替之庸，成為九莉報復的對象。

第三種可能，一體兩面的不是之庸與母親，而是之庸與九莉。「這種悲哀也還不壞」像極了之庸那句「你這樣痛苦也是好的」。九莉在這一幕活脫是另一個邵之庸了。「這種悲哀」指的是被女兒責怪的悲哀。九莉被邵殘忍，就殘忍對母親，就像荀樺自己坐老虎櫈，亦害九莉嘗老虎櫈滋味。

其實，九莉之庸彼此襯映，「這種悲哀也還不壞」並不是唯一，也不是最堪。之庸追求九莉，說些生平小故事，書中只舉一例：「那時候我在郵局做事，有人寄一本帖，我看了非常好，就留了下來。」這呼應了九莉在戰時香港曾撕下教授藏書《莎樂美》插圖，還在地上撒屎撒尿。《紅樓夢》的有緣記號是佩金戴玉，《小團圓》則是賊行。

對母親的思念與悔意

還錢一幕說不出的話，張愛玲馬上就用兩部電影讓母女分別用哭的哭出來了。讓蕊秋哭慘的是《欲海情魔》（*Mildred Pierce*），母親為女兒歷盡千辛萬苦，女兒不只不感激，還看不起母親。讓九莉「哭得呼嗤呼嗤，幾乎嚎啕起來」的則是一九五七年（張愛玲母親過世那年）上映的《孺子雄心》（*Fear Strikes Out*），父親相當愛小孩，小孩也愛父親，卻因為管教太嚴，孩子長大成功時已被父親折磨成半個廢人。《紅樓夢》也常這樣，利用人物點戲聽戲，偷渡最關鍵的過節。

書末還出現另一重要襯映，在九莉姐弟之間。九林錯過表妹喜酒，事後九莉發現表妹是弟弟初戀。表妹叫小圓，是蕊秋取名，跟書名那麼接近，言下之意是母子團圓於九林只是童年歡愉，他開心回味無緣的小圓，正對照出九莉的不知惜緣。

九林再次出現，九莉發現弟弟面貌已不復幼時可愛。「本來是十幾歲的人發育不均衡的形狀，像是隨時可以漂亮起來，但是這時期終於過去了。」這讓人想起第三章，九林發育期去看蕊秋，蕊秋雖然關心他牙齒、營養、X光驗肺，卻終究沒幫上忙。到頭來九林處處不如九莉，正因為母親當年幫女兒爭取進學校，卻沒幫兒子爭取。作者再次點出九莉的不知感恩，其實母親把可以給弟弟的都給她了。至此，《小團圓》已確定是一本悔罪之書。

看人讀《小團圓》都只關注張胡戀，我總想起《幽夢影》的一句江含徵眉批：「不會看《金瓶梅》，而只學其淫，是愛東坡者但喜吃東坡肉耳。」戀情在《小團圓》中固然重要，母女間的愛恨交織卻更重要。香港戲劇學者馮晞乾已經指出，《小團圓》書名典出紹興目連戲，更可證小說主軸是母女，不是戀愛。目連戲一向只在中元節演出，可見書名隱含祭亡安魂之意。目連戲中的〈小團圓〉母子還在陽世，之後母親亡故，之後目連才千辛萬苦去地獄尋母。

第六章的回憶裡，九莉在學校讀到耶穌告訴猶大：「你在雞鳴前就要有三次不認我」，想起幼時對母親的背叛。這裡有個問題，《聖經》上耶穌這話是對彼得講的，不是猶大。依據傳說，彼得是天堂守門，猶大則墮入地獄。九莉可背整本的《失樂園》第三章就有載明，聖彼得持鑰匙把守天門。張愛玲可能不是記錯，而是藉此凸顯九莉潛意識已認定自己不可能上天堂。

偏巧，在誤把彼得當猶大的前一段，正是九莉幼時對地獄天堂的想像，她覺得天堂太無聊了，地獄倒是想去，「當然九莉去了不過轉個圈子看看，不會受刑。」如今我們知道書名典故，也讀到書末九莉的罪疚之深，就明白張愛玲可能有個言外之意：將來她到地獄去，不是只去看看，而是去見她母親。

那才是她與母親之間的「大團圓」，在地獄。

張愛玲一題三寫

——析〈留情〉、〈相見歡〉、〈同學少年都不賤〉

張愛玲短篇〈留情〉發表於一九四五年二月號《雜誌》月刊。《傳奇》增訂版諸篇，〈留情〉最晚寫成，卻擺最前。一九六八年《張愛玲短篇小說集》在台出版，依然以〈留情〉為開卷之作。散篇結集放第一的作品往往意義特殊。學者不注《論語》則已，不然對〈學而〉為何居先總得有個說詞。但我卻沒讀過誰解釋〈留情〉何德何能，居然占此特殊位置，只有水晶曾在〈平林漠漠煙如織〉一文說過，這篇「有點序曲意味，使讀者覺得全書的大旨提要：通書不過談情。」的確，許多知名短篇集的開篇皆是序曲。喬伊斯欲藉《都柏林人》寫一城市之腐朽無望，果然第一篇〈姊妹〉就寫小男孩如何認識死亡以及周遭的死氣沉沉。

白先勇〈永遠的尹雪豔〉亦明顯扮有鳥瞰《台北人》之功。但《傳奇》並不像《都柏林人》、《台北人》，有什麼中心主題貫穿全書，為何需要序曲？如果只想傳達「通書不過談情」，〈傾城之戀〉不也可以？何況，當時〈傾城之戀〉舞台劇已風靡上海。

張愛玲這麼凸顯〈留情〉，我想，真正原因是她本人特別鍾愛。

沒人猜過這篇可能是她最愛，甚至也沒人問過她本人對這篇看法，因為〈留情〉一向受評量不高。我假設它是作者本人最愛，不只是它擺最前，還有另一原因，就是只有它，經過張愛玲兩次重寫。一九七八年發表的〈相見歡〉、二〇〇四年問世的〈同學少年都不賤〉都是〈留情〉的脫胎換骨。張愛玲晚期短篇少到只有四篇，竟有兩篇是從〈留情〉改頭換面，可見〈留情〉意義不比一般。

當然，張愛玲也有把〈金鎖記〉改寫為《怨女》。但《怨女》當初原用英文，創作動機是為稻粱謀。而且《怨女》只是〈金鎖記〉的擴充，只是多吃長胖，其難度與脫胎換骨並不能比。脫胎換骨式的重寫，作者必須對同樣材料有全新認識，或對表現技法有全新掌握。普通作者要一題二寫已經很難，何況三寫。

〈同學少年都不賤〉與〈相見歡〉之間的近似比較容易看出，都有女女戀。

〈留情〉通常被當作一則婚姻故事，大寫特寫的同性關係反被忽略，所以讀者才很難把它跟其他兩篇想在一起。其實，這三篇是一幅三聯畫，主題都是女人的同性關係，這關係在〈留情〉是競爭，在〈相見歡〉是認同，在〈同學少年都不賤〉則變成幻想投射。同樣的故事元素在三篇亦反覆使用，情境都是一次訪問，都藉由賓主對話去鋪陳多角關係，都有貧富之別，都有性的炫耀，都有女主角在一廂情願期待某種不幸（死亡或離婚）。

析〈留情〉

論關係之多角，張愛玲筆下應該無出〈留情〉其右了。米先生與敦鳳是一對夫妻，兩人都再婚。男的元配正臥病，女的前夫十三年前過世。同時，米先生亦與楊太太關係曖昧，因此楊太太是敦鳳婚姻的第三者，米先生又是楊太太婚姻的第三者，這就構成一個六角關係。分開看則是四個婚姻，四個三角。〈留情〉主題卻不只是婚姻，因為整篇「戲肉」有大半是圍繞第五與第六個三角。而最後兩個三角，都是女女女。

〈留情〉一開始就賣個大關子：米先生本來要去看元配，卻改變主意去了楊家，張愛玲不解釋為何改變，逼讀者非把小說多讀幾遍不可。《傳奇》諸篇心理描寫比〈留情〉深入的當然有，意象造句比〈留情〉華麗的也當然有，卻沒一篇有這麼多夾縫文章。〈留情〉筆法最含蓄，這是我認為作者鍾愛它的另一原因，也應該是最重要原因。

米先生去楊家，明顯是為了楊太太。最大暗示是小女孩忸怩不叫人，「米先生心裡想，除了叫他『米先生』之外也沒有旁的稱呼。」這表示一到楊家，他只當自己是楊太太的朋友，不是敦鳳的丈夫，才會忘記小女孩這時應叫他表姑丈。但是，就算是為了楊太太，可能動機也還有兩種：一是他迷戀楊太太，喜歡來嗅一下騷味也好；二是他與楊太太曾有過什麼，有一腿之類了，擔心她跟敦鳳說，所以過來緊迫釘人。哪一個才對，讀者得把小說讀仔細。

答案線索是在近尾：「米先生仰臉看著虹，想起他的妻快死了，他一生的大部分也跟著死了。他和她共同生活裡的悲傷氣惱，都不算了，不算了。」如果現場有迷戀對象，他此刻內心不可能想著「他的妻」。因此他來楊家，並非對楊太太有何留戀，只是有把柄在她手上而已。這也可以解釋，為什麼他在楊老太太面前很不耐煩，希望敦鳳快點告辭。

搞清楚米先生來楊家的用意，就會在故事中讀出很多笑點。例如，楊太太故意把話題帶到自己的性生活，說女兒「下地是四月裡，可是最起頭有她那個人的影兒，是八月十五晚上。」她講這話的姿態，張愛玲是一筆筆細描的：「楊太太格吱一聲，把大衣兜上肩來，脖子往裡一縮。然後湊到敦鳳跟前，濛濛地看住她，推心置腹地低聲道：……」這是使出渾身解數向米先生放電，當著敦鳳的面，因此也有競爭者展現實力的意思。楊太太也許以為一石二鳥，其實不只米先生沒被電到，敦鳳也沒把她放眼裡，楊太太兩邊落空，因此好笑。

米先生暫時離開，楊老太太去洗澡，敦鳳與楊太太有一段單獨對話，這裡笑點尤其綿密。一開始楊太太卸下心防，向敦鳳大吐苦水，等於是在爭取姊妹認同。敦鳳無意傾聽，楊太太再接再厲，主動示意要分享自己的桃色八卦，說是分享，但也不無炫耀之意。敦鳳卻反應更糟，逼出楊太太進一步攻擊：「我知道你喜歡什麼樣的男人，（中略）要溫存體貼，像米先生那樣的。」這是在暗示自己與米先生有過曖昧，沒想到完全是雞同鴨講，因為敦鳳沒把她放眼裡，所以只聽成楊太太在恭維她嫁得真好。敦鳳不要楊太太邀功，就開始跟楊太太訴苦，這訴苦又製造了反效果，楊太太只鄙夷其姨太太聲口，對敦鳳敵意加深，等到米先生再出現，她又使出渾身解數放電了：「楊太太斜眼瞅著他，慢吞吞笑道：『好嗎，米先生？』米先生很謹慎地笑道：『我還好，你好啊？』楊太太嘆息一聲，答了個『好』字，只有出的氣沒有入的氣。」再一次，楊太太又兩邊落空，米先生沒被電到，敦鳳也沒被氣到。

楊太太當敦鳳是競爭者，敦鳳卻安全感十足，只當元配（米太太）是競爭者，這是〈留情〉的第五個三角，女女競爭的三角。雖然張愛玲沒明寫，但在米太太未生病，米先生也未認識敦鳳之前，米太太是極可能當楊太太是競爭者的。不過，敦鳳也有被楊太太挑起防衛心的時候。例如，楊老太太如此說米太太：「其實那個女人真是死了也罷。」敦鳳的反應好似這話說到她心坎裡。但是一模一樣的意思放楊太太嘴裡：「她死了不好嗎？」敦鳳馬上進入戰鬥狀態：「哪個要她死？她又不礙著我什麼！」反應天差地遠，原因很簡單，敦鳳跟楊太太有競爭關係，跟楊老太太則沒。

第六個三角是女女認同。女人爭取女人認同，方式不外訴苦，或背後一起講誰壞話。楊老太太、楊太太、敦鳳三人，兩人背後講另一人壞話的各種可能組合全發生了，但只要講壞話就投機，訴苦則一律話不投機。在〈留情〉裡，女女只有競爭，沒有認同。

敦鳳在楊家，可說三句不離前夫，一下說她身邊還有「兩件男人的舊皮袍子」，一下回憶起「我們從前結婚」。聊到算命時，她說：「死掉的那個天天同我吵。」言下之意，米先生只是還活著的這個。她還喜孜孜轉述算命講的話：「說我同我丈夫合不來。」這裡「我丈夫」顯然不是米先生。言下之意，米先生根本不算丈夫，死去那位才是。

敦鳳也頻觸米先生霉頭。她當著米先生面，轉述算命的「說他還有十二年的陽壽」。聊到旅行，她說：「還得兩個人都活著。」米先生告退，她跟楊太太炫耀：「米先生將來他遺囑上不會虧待我的。」好像她成天在腦中排演給丈夫送終的情節。

敦鳳全不顧米先生顏面，米先生看來卻相當在意敦鳳感受。他絕口不在楊家提到元配。與敦鳳獨處的場合，提到元配既不用「那邊」，也不用「小沙渡路」，連稱個「她」都怕惹敦鳳不高興。乍看下兩人關係很不對等，敦鳳把米先生欺負得死死的。但是全篇小說只進入米先生觀點兩次，一次在三輪車上，一次是仰臉看彩虹，兩次都顯示他整個心都在「他的妻」身上，敦鳳於他只是「一點清福豔福」而已。這表示在情字上頭，米先生與敦鳳是半斤八兩，完全扯平。篇名「留情」，都是過去的情，當年苦多樂少毫不幸福的情。至於現狀雖然幸福，兩人「在回家的路上還是相愛著」，卻彼此無情。

小說中還有一條重要的草蛇灰線：糖炒栗子。開頭敦鳳跟米先生說要去舅母家：「省得家裡還要弄飯。」擺明她要去楊家吃飯。路上她買一包糖炒栗子，馬上剝兩顆來吃，去楊家後她命令小孩：「叫人，我給你吃栗子。」米先生插一句：「老太太不吃嗎？」敦鳳忙說：「舅母是零食一概不吃的，我記得。」但往下讀，讀者就發現楊老太太不只吃栗子，而且剛剛吃過。問題來了：敦鳳幹麼幫老太太說她不吃？

話題轉到楊太太的牌局，原來從前楊家都有留客吃飯吃點心，但如今「哪兒供給得起」。楊太太已把牌友換成同弄堂的鄰人，只為了不必留人吃飯。另一個問題來了：敦鳳怎敢大剌剌來楊家吃飯？

答案揭曉，要等到楊家婆媳私下抱怨：「敦鳳這些地方向來是很留心的，吃人家兩頓總像是不過意，還有時候帶點點心來。現在她是不在乎這些了，以為我們也不在乎——」這是張愛玲點出主客貧富之別的方式：敦鳳未嫁米先生前，曾是窮親戚，因此來訪相當重禮數，講尊嚴。舊時她會帶點心來，被留吃飯還會婉謝再三。但現在楊家窮了，她自己闊了，就覺得來楊家吃飯是理所當然，也不認為她應該再請吃點心。先生提醒她，她卻不以為失禮，還振振有詞說：「舅母是零食一概不吃的，我記得。」窮人變富，馬上有了幫別人發言的權利，修改記憶也理直氣壯起來。

析〈相見歡〉

同樣都是訪客，〈相見歡〉的荀太太有一點與〈留情〉的敦鳳相反：敦鳳是昔貧今富，荀太太則是昔富今貧。伍太太遣人送信，荀太太擔心被下人看成是伍家的窮親戚，賞錢總是給太多。習慣延伸到郵票，竟然連透過郵局送信也多貼一張郵票。這張多出來的郵票與〈留情〉中的糖炒栗子可說意思正好顛倒。糖炒栗子代表敦鳳變闊後不必再顧顏面，因此格外吝嗇。加貼郵票則代表荀太太變窮，格外渴求尊嚴，才有無謂的慷慨之舉。

另一個在〈留情〉與〈相見歡〉都有出現的元素，是禿頭句子。米先生說：「病得不輕呢，我得看看去」這種沒主詞、沒受詞的句子，原因張愛玲有解釋：

話真是難說，如果說：「到那邊去」，這邊那邊的！說：「到小沙渡路去」，就等於說小沙渡路有個公館。這裡又有個公館。從前他提起他那個太太總是說「她」，後來敦鳳跟他說明了：「哪作興這樣說的？」於是他難得提起來的時候，只得用個禿頭的句子。

〈留情〉的禿頭句子，二十幾歲的張愛玲認為應該解釋周詳。〈相見歡〉講話也常省去主詞，五十幾歲的張愛玲就不給解釋了。兩篇創作相隔三十年，張愛玲的風格改變正是顯現在這種地方。她用筆更隱諱了。

伍太太這句：「看我這頭髮稀了，從前嫌太多……想剪掉一股子，說不能剪，剪了頭髮要生氣的，會掉光了。」是誰嫌太多？誰說不能剪？誰要生氣？讀者必須往下看，才確定主詞是伍先生。那為什麼伍太太不加個「我先生」？

荀太太這句也是：「做得不對，罵！」誰在罵？「祖志放假回去看他奶奶。對他哭。說想紹甫。想我。」讀者若不仔細，還誤以為主詞是祖志，是他對奶奶哭，是他在想念荀先生、荀太太。往下看，才知主詞是荀老太太。

張愛玲一九七八年三月發表的散文〈對現代中文的一點小意見〉有言：「我一向最欣賞中文的所謂『禿頭句子』。」但她沒解釋為什麼。從以上實例看來，她欣賞禿頭句子，原因應該是它是心理刻畫的好工具。

張愛玲雖不為〈相見歡〉中的禿頭句子做解釋，卻利用對照法，讓讀者自己去揣摩其中反差。這對照就是荀太太抱怨先生，豈止有主詞而已，簡直就紹甫長、紹甫短。這樣，她抱怨婆婆使用禿頭句子的原因就很明顯了：婆婆是她百般提防的對象，紹甫則是自己人。小說開頭解釋兩位太太為何小聲講話：「出了嫁更不得不小心說話，搬是非的人多。直到現在伍太太一個人住著偌大房子，也還是像惟恐隔牆有耳。」這句話顯示，伍先生從來不是伍太太自己人，伍太太隨時必須防著什麼話傳入他耳裡。因此她抱怨先生，也使用禿頭句子。

要討論〈相見歡〉，一定要提〈表姨細姨及其他〉一文。〈相見歡〉發表之後兩個月，《書評書目》登出林佩芬〈看張〉一文，張愛玲馬上以〈表姨細姨及其他〉回應。寫回應文章對別的創作者或許沒什麼，對張愛玲卻是大事。當然，六個月前她才發表一篇〈羊毛出在羊身上〉，回應張系國對〈色，戒〉的攻訐，但比較〈表姨〉與〈羊毛〉二文，就會發現兩篇性質非常不一樣。張系國的文章讓她憤怒，〈羊毛〉最後一段罵張系國「通篇穿鑿附會，任意割裂原文」，表明是氣極了，才非寫不可，文末特別聲明：「下不為例。」怎麼半年不到就破例，又寫了〈表姨〉？只能說，她對〈相見歡〉真的很重視。

〈相見歡〉中的出場人物有四：荀太太、伍太太、荀先生、伍太太的女兒苑梅。苑梅絕少插話，主要的對話參與者只有荀太太、伍太太、荀先生三人。仔細看，這三人是三角關係，不只荀先生愛荀太太，荀太太也是伍太太「少女時代同性戀的單戀對象」。以姊妹淘的對話來說，荀先生是第三者。就婚姻來說，伍太太才是第三者。

為了強調三角關係，有個〈留情〉使用過的故事元素在〈相見歡〉再次出現：期待某人死。荀先生誇自己吃下四十顆紅蛋相當神勇，伍太太就暗想他要中風，意義與〈留情〉中敦鳳期待元配死可說一模一樣，因為有競爭關係。

但是，〈相見歡〉的荀太太預做假設「要是紹甫死了」，這點與〈留情〉中敦鳳老在盤算米先生壽命卻不太一樣。首先，敦鳳說出「說他還有十二年的陽壽」還有「還得兩個人都活著」都是當著米先生面，荀太太卻是選荀先生不在場時出口。其實，荀先生一出現，荀太太話就變很少，這點顯現她很在意先生感受，一肚子氣只找伍太太傾訴，私底下並不與先生鬧。她雖然對先生沒有濃情蜜意，卻願盡責扮演好賢妻角色。

另一個〈留情〉與〈相見歡〉皆使用的故事元素，是性炫耀。楊太太三番兩次施展媚功，因為她視敦鳳為競爭者。荀先生在〈相見歡〉中的性炫耀有兩次，一次是「喝多了根本不行呃」，表明他是性專家，另一次是說自己在重慶差點與人妻發生關係。他並不把伍太太視為競爭者，也不知伍太太視自己為競爭者，需要這樣炫耀，大有窮親戚受接濟，需要顏面扳回一城的意思。讀懂荀先生的心態，就會悟出〈留情〉中楊太太如果經濟沒那麼窘迫，可能也無需演出那樣賣力。

另外，〈相見歡〉中的荀太太也有性炫耀，她講被小兵釘梢，講一次意猶未盡，幾個月後又講一次。這是跟好姊妹分享自己的桃花八卦，〈留情〉中的楊太太也這樣來跟敦鳳套交情。差別是敦鳳還沒聽就反感，〈相見歡〉伍太太聽了雖有點憎惡，卻兩遍都表現出興趣，問：「是個什麼樣的人？」

〈相見歡〉有一條草蛇灰線，就是伍太太喜歡學荀太太從前講過的話：「在田家吃喜酒，你說老想打呵欠，憋得眼淚都出來了。笑死了！」下一例：「大少奶奶幫著抬。」再下一例：「大少奶奶做的菜好嘜！」伍太太這習慣，正表現出荀太太的故事她百聽不厭。

等到伍太太問：「你沒來是誰做？」讀者就有充足理由相信，她是明知故問。故事她早已聽到爛熟，她這問題並非出於好奇，而是想鼓勵荀太太再講下去。聽到釘梢她問「是個什麼樣的人」，也是類似意思。

另一條草蛇灰線，是伍太太三番兩次稱讚荀先生：「紹甫現在好多了。」不是巴望他別長壽嗎，怎還稱讚？第二次改用問句：「他現在不是很好嗎？」第三次改用保留口吻：「你們今年也不錯。」仔細看這三次，每次都是荀太太在嫌丈夫，伍太太不知怎麼接，就接一句稱讚。因此三次都是棉裡藏針，伍太太真正想的是：「你那先生糟透了。」但她想安慰荀太太，因此這麼說。這是她的體貼。

〈留情〉的人際關係很虛假，彼此不對盤，戲劇張力主要來自亂講話（敦鳳一直提前夫）與雞同鴨講（敦鳳把楊太太的炫耀聽成恭維）。〈相見歡〉寫的卻是真感情，有感情就要替對方著想，不能亂說話，因此頻頻出現沉默。這也是〈相見歡〉的一條草蛇灰線，從頭到尾沉默多達十二次。用對話中的沉默來凸顯作者不想明寫的重點，是〈相見歡〉一大特色。這技巧張愛玲可能學自海明威，也可能學自哈洛品特。她當時已譯過海明威，也對水晶說過非常喜歡哈洛品特。

〈相見歡〉表面上是荀太太在抱怨婚姻，伍太太扮演積極的傾聽者。抱怨都不是第一次講，伍太太卻聽得興味盎然。一開始幾次沉默，是伍太太不能跟著一起罵荀先生。荀太太說荀先生借錢給人，伍太太想的一定是「常向我借錢，自己再借給別人」，但這話當然不能講。荀先生來之後，荀太太不能再抱怨婚姻了，沉默的尷尬當然變多。新的話題起頭失敗，就多一次沉默，這是烘托伍太太多麼捨不得送客。

有意思的是，荀先生來之前，荀太太沒新抱怨了，尋常的姊妹對話應是角色互換，變成伍太太抱怨給荀太太聽才是。但互換並沒發生，這時問題來了：為什麼荀太太什麼話都可以對伍太太講，伍太太對荀太太卻不能？伍太太婚姻不也一堆問題？

明顯答案，是伍太太「不得夫心」相當傷害她自尊，所以她不想提。

另一問題，她明知伍先生帶情婦去香港，不可能回來了，為什麼她期待短壽的是荀先生，不是伍先生？為什麼她不像荀太太那樣預做將來守寡的規畫？張愛玲給的答案：「她倒很欣賞這提早退休的生活。」如果分居是退休，守寡可能就是失業，而退休是比失業多很多保障的。現今她唯一心願就是荀太太快搬來住，但這必須等荀先生死，這點不可說，因此只能沉默。

析〈同學少年都不賤〉

〈留情〉與〈相見歡〉都是全知觀點與單一觀點移動自如。〈同學少年都不賤〉卻從頭到尾只用趙珏一人觀點。這種小說要寫得好，敘事者必須極不可靠，才能帶給讀者解謎樂趣。〈同學少年都不賤〉跟《小團圓》是張愛玲唯「二」使用這種筆法的作品。

依據已出版的張愛玲書信，這篇完成時間應該與〈相見歡〉差不多。從小說中的美中關係看來，起筆時間應該不會早於一九七五年。也就是說，在〈相見歡〉最後完稿階段，〈同學少年都不賤〉也同時進行。

兩位女主角在四十年前的上海是中學同學，趙珏是富家小姐，恩娟家境普普。四十年後在美國相聚，際遇已經顛倒過來，恩娟成為華府高官夫人，趙珏的先生是剛回歸中國的不得志教授，留下趙珏一人相當落魄。她寫信給恩娟，就是請舊友幫忙找事。

性炫耀在〈留情〉與〈相見歡〉已經見過，在〈同學少年都不賤〉再次出現，只是情境顛倒過來，變成恥於啟齒。楊太太亟欲分享自己桃花，敦鳳卻不願意聽。荀太太被小兵釘梢就值得講兩遍，伍太太雖然不喜卻盡責裝出洗耳恭聽的樣子。到了〈同學少年都不賤〉，趙珏被司徒華性騷擾，害怕這事傳出去的應該是司徒華，趙珏這邊應該沒什麼不能講，卻因為趙珏在恩娟面前感到自卑，想在心裡講不出口，就改講她怎麼憑翻譯實力得罪司徒華。同一元素，三個故事三種女女關係變化出三種調，這就是張愛玲的天才。

很多人以為〈同學少年都不賤〉跟〈相見歡〉一樣，寫的都是女女戀。小說中亦各有一段直接點明女女戀，讀起來很相似，但細讀就會發現，這也是張愛玲拿相同元素做不同的運用。

相似的段落在〈相見歡〉中，是苑梅觀點的第四次插入：

> 苑梅沒留神聽，但是她知道荀太太並不是嘮叨，儘著說她自己從前的事。那是因為她知道她的事伍太太永遠有興趣。過去會少離多，有大段空白要補填進去。苑梅在學校裡看慣了這種天真的同性戀愛。她自己也瘋狂崇拜音樂老師，家裡人都笑她簡直就是愛上了袁小姐。初中畢業送了袁小姐一

份厚禮，母親讓她自己去挑選，顯然不是不贊成。因為沒有危險性，跟迷電影明星一樣，不過是一個階段。但是上一代的人此後沒機會跟異性戀愛，所以感情深厚持久些。

苑梅的邏輯，是伍太太與荀太太之所以情深意篤，是因為沒跟男人好好談過戀愛。言下之意，她自己有談過戀愛，當然就只把袁小姐當作人生某一階段，船過水無痕了。她的邏輯似乎沒錯，她本人的確是自由戀愛結婚，荀伍兩位太太則不是。問題是，兩位太太一直是情深意篤的表姊妹，苑梅對音樂老師則只是遠遠崇拜，二者怎能類比？苑梅的同性戀愛之所以煙消雲散，可能它本身就是建立在幻想上面，跟她後來有沒異性戀愛無關。

同樣的類比謬誤在〈同學少年都不賤〉再度出現，還成了整篇高潮。恩娟提起芷琪家裡錢被丈夫花光，相當悲憤她嫁錯人，「說著幾乎淚下」，趙玨就相當震動，張愛玲寫：「不知從什麼時候起，她也明白了，她為什麼駭異恩娟對芷琪一往情深。」然後趙玨回憶起她在二戰後曾偶遇赫素容，卻已全沒感覺，她就認定：

與男子戀愛過了才沖洗得乾乾淨淨，一點痕跡都不留。

難道恩娟一輩子都沒戀愛過？

是的。她不是不忠於丈夫的人。

小說如果只看一遍，真會把趙玨的推測信以為真，以為小說重點正是趙玨發現恩娟一直深愛芷琪，恩娟貴為官夫人，卻沒愛過丈夫。但是，趙玨怎能把恩娟芷琪拿來跟她自已對赫素容類比？趙玨對赫素容的感情，正是苑梅對音樂老師那種。何況，趙玨達到這個結論之前，有一性格盲點已經呼之欲出了：她怎麼老不承認恩娟婚姻很幸福？

恩娟在重慶結婚，趙玨寫信就形容說是為了「理智的激情」。兩人在上海重聚，恩娟明明新婚甜蜜，趙玨想的卻是「至少作為合夥營業，他們是最理想的一對。」這時的趙玨正與高麗浪人跑單幫，她自已與同居人搞的才是合夥事業。恩娟說想讓小女兒去巴黎學芭蕾，她自已去學法文，這只顯示高級美國人視巴黎如自家後院而已，趙玨想的卻是「這神氣倒像是要分居。」這時與丈夫分居的正是趙珏自己。就好像伍太太認為荀先生不會長壽，趙珏也在想恩娟婚姻不會長久：「合夥做生意無論怎樣成功，也可能有拆夥的一天。」這是一條草蛇灰線，告訴讀者：趙珏習慣把自己的不幸投射到幸福的恩娟身上。

〈同學少年都不賤〉還有另一條草蛇灰線，就是恩娟的三次起疑。不過，所謂三次其實是趙珏觀點。仔細看第三次，就會發現大有玄機。恩娟說父親被紅衛兵打死，趙珏接口：「至少他晚年非常得意，說恩娟現在好得不得了。」恩娟瞪趙珏一眼，趙珏就想，我又沒瞎掰，為什麼覺得我瞎掰。「這是第三次不信她的話，不知道為什麼這次特別刺心。」

明眼人一看可知，恩娟那一眼並不是起疑。父親被打死，正因為恩娟嫁美國高官，因此趙珏那句「至少他晚年非常得意」是在恩娟罪惡感上撒鹽。恩娟聽了一定心痛又生氣。趙珏卻太瞎，想成是恩娟懷疑她無中生有。只能說前面已有兩次起疑，趙珏心裡有鬼，這次才杯弓蛇影。

要知道趙珏心裡有什麼鬼，前兩次就必須放大鏡看了。第一次是恩娟問：「你不是說有兩間房？」趙珏答：「本來有兩間，最近這層樓上空出這一間房的公寓，我就搬了過來。」這裡趙珏並沒撒謊，心裡的鬼是當初信上何必強調兩間房。第二次恩娟起疑，是因為趙珏說：「我可以乘飛機來兩個鐘頭就走，你帶我看看你們房子，一定非常好。」這句也是宣示，也沒撒謊的問題。心裡的鬼是趙珏幹麼如此宣示。

這句「我可以乘飛機來兩個鐘頭就走」趙珏一共講兩次。趙珏住處附近沒機場，恩娟來也不是坐飛機，而是火車轉地鐵，趙珏強調她去華府要坐飛機，用意應是強調她坐得起飛機。背後心態可說跟荀太太郵票貼雙倍如出一轍，都有富人變窮後的顏面敏感問題。附近沒機場還要坐飛機，難免舟車勞頓，絕對不只兩個小時，那幹麼強調「兩個鐘頭就走」？這點必須與前面的「兩間房」一起看，才能讀出趙珏是敲鑼打鼓暗示：「我沒要和你過夜，要過夜也沒要和你同房，我說沒有就是沒有！」這是此地無銀三百兩，如果心中鬼沒在吶喊「我超想和你過夜又同房」，根本不必擔心恩娟有沒起疑。

這是〈同學少年都不賤〉與〈相見歡〉中女女關係的最大差異。〈同學少年都不賤〉明顯有情欲成分，〈相見歡〉則沒有。〈相見歡〉中的女女關係根本不是科學定義的同性戀。但依據張愛玲的定義，顯然聊天不想分開也是同性戀。〈表姨細姨及其他〉一文中說，荀太太是伍太太「少女時代同性戀的單戀對象」，伍太太也「顯然妒恨」荀先生。不然，她對荀太太的感情就僅止於體貼與認同。她總是替荀太太著想，希望她過更好，甚至希望她能跟異性（邱先生）好好談個戀愛。

趙玨就沒在替恩娟著想什麼。恩娟嫁那麼好，她也沒替恩娟高興。她的感情中沒有認同，只有幻想投射。

趙玨三番兩次的自我安慰，也是〈同學少年都不賤〉中的一條草蛇灰線。第一次是她見到汴，汴問：「什麼叫 intellectual passion？」張愛玲寫：「他這樣咄咄逼人，趙玨只覺得是醋意，想必恩娟常提起她。」明明是她吃醋，卻自我安慰是汴吃她醋。

第二次是趙玨回想起萱望亂跟女學生上床，決定不跟恩娟多說，明明是為了自尊，她卻自我安慰是「恩娟總有個把女兒正是進大學的年齡」。

不過最絕妙的一次絕對是聽到甘迺迪死訊：「甘乃迪死了，我還活著，即使不過在洗碗。」若現實無一聊以安慰，自我安慰就是一種必要的自我武裝。這是金聖嘆所謂的「背面傅粉」：故意從反面大寫特寫趙玨怎麼武裝自尊，去凸顯她的自尊不堪一擊。果然，恩娟一講：「那汪嬙在紐約，還是很闊。」趙玨就覺得十分刺耳。恩娟明明無意拿她跟汪嬙比，她就是聽成有。

趙玨壓抑不去問該問的問題，也是一條草蛇灰線。最明顯的一例是她沒問恩娟，司徒華到底有沒說她壞話。沒問的理由，應該是覺得問了就必須交代性騷擾一事。講這個太傷她自尊。

另一例是恩娟說提琴老師誤會了，所以她已停止學琴。張愛玲寫：「趙玨駭然。出了什麼事？他想吻她，還是吻了她，還是就伸手抓她？」看來趙玨是寧願浮想聯翩，也不願問出真相。

再來，恩娟婚後從重慶回到上海，趙玨問「你跟汴話多不多」，卻沒問他們感情好不好。這壓抑代表她已認定恩娟婚姻是合夥事業，感情不可能好。

美國相會，恩娟本說要帶小女兒來，但小女兒沒出現，趙玨有問一下「小女兒呢」，馬上覺得不該問。還有，恩娟說要帶小女兒去法國，趙玨也問不出口「你怎麼走得開」，理由是「免得像刺探他們的私事」。其實兩個問題都沒有刺探隱私的問題。趙玨會如此顧慮，只能說心裡有鬼，想必是對恩娟隱私超好奇，才會有意識的故意壓抑。

不正面寫窺私，卻三番兩次從反面寫壓抑好奇，這也是「背面傅粉」。

果然小說後面，趙玨就以賀年片上的一句話，洩露她的窺私欲：「我在新聞週刊上看見汴去巴黎開會的消息，恐怕來不及回來過聖誕節了？」這是不該問的問題。除非恩娟自己講，不然人家夫妻要不要一起過聖誕，怎麼過聖誕，根本輪不到趙玨過問。她會問，只能說心裡又有鬼，潛意識應是超渴望恩娟邀她一起過聖誕。

這些草蛇灰線加一起，趙玨對恩娟的感情就很清楚了，但還有個問題：要怎麼解釋她對赫素容那段？趙玨對赫素容看似狂戀，結束卻有點莫名其妙。赫素容寫信邀她去北京，趙玨就想到是左派組織籌錢，立時千年之戀消失於一瞬。其實，赫素容是否別有用心不是重點，重點是趙玨對她只是葉公好龍。因此在赫素容出現之前，才有那麼多筆墨寫電影明星崇拜。趙玨對赫素容就是明星崇拜的延續而已。尤其重要的是「恩娟就從來沒對她傳過教」這句，可見趙玨當時心中念茲在茲的是恩娟。

至於小說中著墨甚少的崔相逸與萱望，只要用趙玨那句「有目的的愛都不是真愛」一言以蔽之即可。趙玨用這句話解讀自己對赫素容的感情。一旦讀者明白那感情是怎麼回事，就會覺得好笑了。她與崔相逸交往時，這話再次出現，這次是跟恩娟說：「我覺得感情不應當有目的，也不一定要有結果。」問題是，她與崔在一起正有個目的，就是跑單幫。這話表面上是她對崔有感情，棉裡針卻正相反，表明她對崔沒感情。

有趣的是，《小團圓》也有出現「她一直覺得只有無目的的愛才是真的」一語，在第四章，九莉剛迷戀上邵之庸時。這是張愛玲的洞見，「有目的的愛都不是真愛」簡直萬用，既可被九莉用來合理化自己愛上有妻室的漢奸，也可被趙珏用來合理化她對赫素容的崇拜，還有她跟她不愛的崔相逸之間的同居。

至此，〈同學少年都不賤〉真故事終於浮現了：在年少歲月裡，趙珏只是芷琪不時用來氣恩娟的「假第三者」而已，即使僅僅如此，也已經是趙珏一生的最幸福時光。她畫「像易經八卦一樣玄」的簡圖跟恩娟解釋性交，還有她跟恩娟被守墓者誤以為是磨鏡黨（同性戀），都是她日後最珍貴的甜蜜回憶。恩娟芷琪在一起後，赫素容是趙珏用來遮掩失落的幌子，崔相逸與萱望則代表她離校後的每下愈況。如今際遇如此懸殊，趙珏當然更沒辦法承認，她今生其實只愛一人，就是恩娟。她倆在少女時期雖有過真正的友誼，但如今恩娟只能是她幻想投射的對象而已。她沒辦法面對真相，小說高潮才是她拿「恩娟至今深愛芷琪」自我安慰。真相離表相如此之遠，而且如此辛酸，如此殘酷，讀者只要多讀幾遍，意會過來那刻一定無比震撼。

問題來了，張愛玲生前為什麼沒發表這篇小說？她在七八年八月寫信給夏志清，信中有一句：「我一寄出也就發現它本身毛病很大，已經擱開了。」她指的「毛病」是什麼？

答案要等宋以朗《宋淇傳奇》出版才揭曉。那是一封張愛玲給宋淇的信，日期是七八年五月二十六日：「〈同學少年都不賤〉我改了幾處，但是發現這篇東西最大的毛病是趙玨像是對恩娟早已沒有友誼了，而仍舊依賴她，太不使人同情。所以還是先擱著再說，不零零碎碎寄改寫的幾頁來。」宋以朗寫道，此事後來即沒下文，也不知張愛玲改寫了哪些地方。

從這段話看來，張愛玲心目中的「毛病」並不在小說筆法，而是角色塑造。由張愛玲來嫌自已創造的角色「太不使人同情」是件很奇怪的事。成功塑造出許多「不使人同情」的角色，例如佟振保、曹七巧、葛薇龍，不就是張愛玲身為小說家的一大成就？趙玨對恩娟的感情如此一言難盡，落魄時卻需要向她求助，這正是小說力量所在，算什麼「毛病」？

當然後人不可能知道，張愛玲如果好好改寫，會把〈同學少年都不賤〉改成什麼樣子。以現存〈相見歡〉兩種版本來看，第二版的確比第一版好，雖然第一版已經夠好。既然〈同學少年都不賤〉只有一種版本，我們只能拿它討論：張愛玲說它有「毛病」，只能說她對自己作品變得異常吹毛求疵而已。以她晚年這種標準，整本《傳奇》都不能發表了。

因此，〈同學少年都不賤〉不是敗作，它跟〈相見歡〉一樣，都是絕佳的「冰山理論」作品。其海面露出山頂之小，底下隱藏山體之龐大，比諸最好的海明威亦毫不遜色。何況，斟酌最久亦可能代表最珍視。〈同學少年都不賤〉絕對是張愛玲的超越自我之作。

後記：此文已比二〇一二年十一月《印刻生活文學誌》發表的原版多出四千字。《印刻》版曾引來宋以朗先生指正，他認為拙文討論荀太太講釘梢講兩遍，那句「伍太太卻聽兩遍都聽得津津有味」相當有問題。我認為他講的有道理，這次出書就把這句改掉了。但我不贊同他對〈相見歡〉的解讀，因此另寫一文解釋〈相見歡〉為什麼是一篇後設小說。

後設小說〈相見歡〉

張愛玲短篇〈相見歡〉最初發表於一九七八年十二月號《皇冠》雜誌。六個月後，她又發表了〈表姨細姨及其他〉，親自教大家怎麼讀〈相見歡〉。自作解人，對她顯然是很彆扭的事，文中就有一句：「短短一篇東西，自註這樣長，真是個笑話。」下面這句，則顯示她不信有人可以代作鄭箋：「我這不過是個拙劣的嘗試，但是『意在言外』『一說便俗』的傳統也是失傳了，我們不習慣看字裡行間的夾縫文章。」換句話說，大家看不懂〈相見歡〉好在哪裡，她認為問題出在讀者水平，不在她。

〈表姨細姨及其他〉是為了回應林佩芬〈看張〉一文（發表於七九年二月號

《書評書目》）。張愛玲過世十五年後，在二〇一〇年七月，宋以朗出版《張愛玲私語錄》，我們才知其實她在七九年八月還看到另一篇評論，亦舒發表在《明報周刊》的〈閱張愛玲新作有感〉，是宋淇寄給張愛玲看的。

亦舒把〈相見歡〉批得一文不值：「一開始瑣碎到底，很難讀完兩萬字。」類似貶語充斥全文，根本摘引不完。結語如下：「我始終不明白張愛玲何以會再動筆，心中極不是滋味，也是上了年紀的人了，究竟是為什麼？我只覺得這麼一來，彷彿她以前那些美麗的故事也都給對了白開水，已經失去味道，十分悲愴失挫。世界原屬於早上七八點鐘的太陽，這是不變的定律。」

作者都給過閱讀指南了，讀者卻依然不懂，還罵得振振有詞。這次張愛玲沒公開回應，只在回信中告訴宋淇夫婦：「亦舒罵〈相見歡〉，其實水晶已經屢次來信批評〈浮花浪蕊〉〈相見歡〉〈表姨細姨及其他〉，雖然措詞較客氣，也是恨不得我快點死掉，免得破壞 image。」

看來，張愛玲已決定習慣〈相見歡〉帶給她的羞辱。亦舒與水晶都是知名張迷，寫過很多捧張文章，如今卻嫌她過氣，應該別再寫了，張愛玲當然啼笑皆非：「這些人是我的一點老本，也是個包袱，只好揹著。」

跟〈表姨〉一樣，這封信也表露她對讀者有眼不識泰山的感慨：「中國人的小說觀，我覺得都壞在百廿回《紅樓夢》太普及，以至於經過五四迄今，中國人最理想的小說是傳奇化（續書的）的情節加上有真實感（原著的）的細節，大陸內外一致（官方的干擾不算）。」

八三年六月，〈相見歡〉定版問世，收在小說集《惘然記》中，比四年半前的《皇冠》版多了兩千多字。張愛玲在序中寫道：「這三個小故事都曾經使我震動，因而甘心一遍遍改寫這麼些年，甚至於想起來只想到最初獲得材料的驚喜，與改寫的歷程，一點都不覺得這其間三十年的時間過去了。」是什麼樣的震動促成〈相見歡〉的創作，張愛玲本人從沒公布過，答案卻在宋以朗二〇一四年出版的《宋淇傳奇》中揭曉。

那是一封張愛玲致宋淇的信，日期是七七年十月三十一日，信裡如此描述〈相見歡〉故事來源：

> 是我在大陸的時候聽見這兩個密友談話，一個自己循規蹈矩，卻代這彩鳳隨鴉的不平得恨不得她紅杏出牆，但是對她僅有的那點不像樣的羅曼斯鄙

夷冷漠，幾個月後（'52春）她又念念不忘講了一遍，一個忘了說過，一個忘了聽見過。我在旁邊幾乎不能相信我的耳朵——她們都不是健忘的人。——伍太太是實在憎惡這故事，從意識中排斥了出去，這一點似應設法達出。——伍太太二次反應相同，可見人與人之間的隔膜，我非常震動。伍太太並不是不關心外界，不過她們倆的交情根本是懷舊的，所以話題永遠是過去，尤其是荀太太的過去，因為她知道她當年的 admirer 永遠感到興趣。

〈相見歡〉最後一頁半，正是荀太太把講過的故事再講一遍，然後「苑梅幾乎不能相信自己的耳朵。荀太太這樣精細的人，會不記得幾個月前講過她這故事？」林佩芬〈看張〉一文曾指出這一整節是「添足」，甚至建議：「整個刪去，不但精省也更有餘味——而且可以表現出小說家對讀者欣賞能力的信賴。」

這一整節在定版中不只沒刪，還一字未動。原因如今終見分曉：這一節正是小說重點。之前二十幾頁，兩位太太間的對話，其實都是為了鋪排這一刻，「苑梅幾乎不能相信自己的耳朵」這一刻，也就是張愛玲本人在五二年春曾感受過的那種震動。

宋以朗公布這封信的文章標題是「〈相見歡〉究竟想說什麼」，他給的答案如下：

漂亮的荀太太「彩鳳隨鴉」，醜小鴨伍太太的丈夫又有了別的女人，這兩個女人中年將盡，其實已經沒有將來了，於是見面時就只好將老調一遍又一遍重彈——她們的新聞盡是往事，而未來也行將在回憶中消逝。「她們倆是無望了」，〈相見歡〉高明之處就是用一種極含蓄、壓抑的手法寫出兩個女人的絕望處境；從這個角度看，所有似乎東拉西扯的話都立即獲得了意義，這就是我所理解的〈相見歡〉。

這解讀有兩個問題：一，如果只是要呈現兩位太太的絕望處境，這整節不就如林佩芬所指，純是添足？她倆婚姻之不幸，對話之無聊，之前二十幾頁還不明白嗎？兩位太太忘記聽過什麼、講過什麼，還有苑梅的震動，並沒增進讀者對她倆處境的了解。

二來，更重要的一點，「她們倆是無望了」是苑梅觀點，不是作者觀點。要判定小說是否真寫「兩個女人的絕望處境」，必須先搞清楚作者是否認同「她們倆是無望了」這句話。

出場人物三女一男，荀太太、荀先生是夫妻，伍太太、苑梅是母女。其中荀太太雖然不停訴苦，卻是小說中唯一享有婚姻安全感的女人。她在金錢上有伍太太接濟，將來守寡也可以來跟伍太太同住，狀況在三個女人中絕對是最好的。

至於伍太太，定版添寫最多的，正是她的婚姻史。她陪先生住國外那些年，「一個紅燒肉，梳一個頭，就夠她受的。」可見那段日子很辛苦，但至少先生忠於她。「樣樣不如人，她對自己腴白的肉體還有幾分自信。」也就是說，伍先生一旦有了女人，伍太太這點自信就沒了。

沒自信，是因為相貌。但在故事發生時，她已經不是醜小鴨：

外國有句話：「死亡使人平等。」其實不等到死已經平等了。當然在一個女人是已經太晚了，不得夫心已成定局。

這段話是伍太太觀點。也就是說，在她看來，拜老年之賜，她大半生的困擾如今已獲得解決。至於「不得夫心」，從下面這句看來亦傷痛大減：「政治地緣的分居，對於舊式婚姻夫婦不睦的是一種便利，正如戰時重慶與淪陷區。」分居對壞婚姻是一種便利，這是張愛玲的妙觀察。伍先生撤退去香港，帶別的女人去，伍太太的反應是「她倒很欣賞這提早退休的生活」。母女的婚姻都處於分居狀態，媽媽只覺得是「提早退休」，女兒苑梅則是進退維谷，「多冤！」

從以上看下來，伍太太目前狀況是比苑梅好的。

宋以朗認為〈相見歡〉重點在於荀太太與伍太太的「絕望處境」，主要依據是張愛玲七七年那封信。但是，信的日期是小說發表的十三個月前，中間張愛玲當然有足夠時間改變想法。二來，仔細看信的內容，就會發現小說離原始材料已有兩大更動。

第一大更動是故事發生的時間。張愛玲的「震動」是五二年春。小說雖沒點明哪一年，但從張愛玲給的線索：國共內戰已開打、上海已有企業遷往香港、年底正要換日曆、華北戰事已害上海缺煤、上海還可以寄錢去北京，由此看來，前面二十幾頁的對話應是發生在四七年底，「苑梅幾乎不能相信自己的耳朵」則在四八年春。

張愛玲幹麼把時間往前移四年？從四八年到五二年，一大差別當然是共產黨上台，荀伍兩家馬上消弭貧富之別。另一差別是苑梅與丈夫之間從此就隔著鐵幕。對兩位太太的婚姻則沒有差別，荀太太身旁反正都有荀先生，伍太太反正都知道伍先生不會回來了。

也就是說，到了五二年，苑梅再笨也不會想「她們倆是無望了」。她會被迫面對現實，自己最無望。

第二大更動，是張愛玲在現實中聽到被講兩遍的是「那點不像樣的羅曼斯」，小說中卻換成釘梢。為什麼要換？

小說中，荀太太「不像樣的羅曼斯」是邱先生。荀先生炫耀在重慶被周德清妻勾引，荀太太若要還以顏色，最合理就是炫耀在南京時期也遇到一位邱先生。邱先生卻只在伍太太的回憶中出現，沒在對話中出現，為什麼？

要回答這問題，就必須研究兩位太太之間話題如何替換：頭髮、荀老太太逼做家務、荀先生丟照片、荀先生亂借錢、荀老太太想念、要是荀先生死了、旗袍、藥罐子、晚餐。這時來了荀先生，接下來：四十顆蛋、絨線衫、南京、電影、周德清妻、日曆、（伍太太離開時）荀太太關心先生晚飯、留客。整晚下來，釘梢是第十八個話題。

荀先生出現是一個轉捩點。本來都是荀太太傾訴，罵婆婆，罵先生，伍太太只負責聽，但荀先生一來，荀太太就不太講話，需要別人起頭了。可見她一肚子氣並不願宣洩給丈夫。

荀先生沒來之前，讀者從荀太太的抱怨，還以為她婚姻品質很可怕。但荀先生一來，她先關心丈夫手指為何染紅，又關心他晚餐吃什麼。丈夫亦對妻子衣服充滿興趣。丈夫講什麼，妻子都抿嘴笑。妻子嫌去年都「白餘」了，丈夫亦不以為意。看來，荀家夫妻彼此相當體貼。

雖然伍太太一直在傾聽，不同話題卻引出她的不同回應。回應最積極的，是頭髮，讓她也願意分享不愉快經驗，因為只有這個話題沒牽扯到別的女人。另外，荀太太願意給伍太太看荀先生的信，伍太太則在荀太太到訪前藏起自己正寫的信，可見只要牽扯到丈夫外面的女人，她都不願碰觸，荀太太亦識趣不問。小說開頭就表明，荀太太連「伍先生在香港好嗎」也不問。

其實，伍太太回應最消極的並不是釘梢。荀先生關心妻子要買的絨線衫，接下去就是沉默，可見兩個女人都不想跟他討論衣服。荀先生要談論南京，也立刻沒下文。如果「不像樣的羅曼斯」要成為話題，應該在這裡。荀太太正是住南京時，來上海作客結識了邱先生。邱先生不像釘梢的小兵，他對荀太太的婚姻是真正的威脅。既然荀太太體貼丈夫，伍太太又體貼荀太太，邱先生當然不是合適的話題，就好像伍先生也不是一樣。

另一處伍太太回應也很消極的，是藥罐子。這裡，從荀太太表情、聲調看來，她是相當賣力要引起伍太太興趣的：一下「說罷含笑凝視伍太太」，講到重點「又把聲音低了低」，擔心對方沒聽懂又「望著伍太太笑，半晌又道」等等。荀太太是在暗示，荀老太太施用法術謀害媳婦，把二少奶奶逼瘋了。

小說中，如果說荀太太有哪段話讓伍太太非常憎惡，就是這段。荀太太講釘梢，兩次伍太太都表示好奇：「是個什麼樣的人？」藥罐子這段伍太太卻只回：「哦！大概那就是已經瘋了。」擺明一點都不好奇，希望話題到此為止。原因不難明白，她覺得荀太太把婆婆想太壞了，她不喜歡這種心眼。

當荀太太第二次講起釘梢，伍太太忘了已經聽過。張愛玲在七七年那封信裡寫道：「伍太太是實在憎惡這故事，從意識中排斥了出去，這一點似應設法達出。」如果小說真是這種意圖，那幹麼還要安排藥罐子那個話題？有藥罐子做對照，就表示伍太太聽到釘梢只是有些憎惡，不算最憎惡。

合理的解釋，是張愛玲寫成的〈相見歡〉，創作意圖已不同於七七年那封信。根據那封信，小說意圖是要探討伍太太為什麼忘了聽過。後來寫成的小說，卻較像在探討苑梅為什麼「幾乎不能相信自己的耳朵」。

宋以朗解析〈相見歡〉，也承認荀太太在小說中一再舊事重提，因此不必記得說過什麼。如果荀太太忘了說過什麼很正常，同樣邏輯，伍太太忘了聽過什麼算奇怪嗎？她倆一個忘了說過，一個忘了聽過，光靠這點應該不值得張愛玲保留結尾。

結尾的意義，是在故事外面加一個框架。初讀〈相見歡〉，會讀到三個女人的婚姻故事。但只要留意到框架，就會發現伍家母女除了本身是角色，也扮演聽故事的人，都在聽荀太太講故事。小說三番兩次披露伍太太沒講出來的心思，也多次插入苑梅觀點，正是為了鋪陳母女倆對同一則故事的不同反應。

四位出場人物裡，苑梅講話最少，觀點卻插入最多次，一共九次。其中第一、六、七次都跟夫妻床事有關。她去荀家送信，看到雙人床旁一小鐵床，就納罕小孩在旁夫妻怎麼行房。荀先生一句「喝多了根本不行呃」，苑梅聽出他在炫耀性能力。荀先生跟妻子報告剛剛晚飯吃什麼，只是語調溫柔些，苑梅又聯想到雙人床旁那張小鐵床。

顯然，苑梅還真常想到男女交歡。小說中她只破例開一次口，就是解釋電影情節：「是男主角喝醉了酒，與引誘他的女人發生關係，還自以為是強姦了她，鑄成大錯。」滿腦子那件事，嘴巴講出來就是同一件事。

這條草蛇灰線顯示，苑梅心目中，夫妻就是交歡。這不能怪她，她的婚姻經驗太淺，新婚燕爾就分隔兩地，還沒機會去理解婚姻的其他層面。小說第三次插入她的觀點，就是她聽不懂荀太太為何一肚子氣：

氣誰？苑梅想。雖然也氣紹甫，想必這還是指從前婆媳間的事。聽她轉述附近幾爿店裡人說的話，總是冠以「荀太太」——都認識她。講房東太太叫她聽電話，也從來不漏掉一個「荀太太」，顯然對她自己在這小天地裡的人緣與地位感到滿足。

苑梅的認知：既然荀太太滿足於「荀太太」這頭銜，氣憤的對象就不是先生，而是婆婆。這只能說苑梅無知：婚姻本來就可帶來安全感，同時又製造壓迫，二者並不矛盾。荀太太完全可以既喜歡被叫「荀太太」，又對荀先生一肚子氣。苑梅不懂這一點，只能說她從沒透過婚姻享受到身分與地位的好處。從頭到尾，讀者都不知她是什麼太太。

掌握住這條草蛇灰線，小說結尾就有意思了：

　　她們倆是無望了，苑梅寄一線希望在紹甫身上——也許他記得聽見過？又聽見她念念不忘再說一遍，作何感想？他在沙發另一端臉朝前坐著，在黃黯黯的燈光裡，面色有點不可測，有一種強烈的表情，而眼神不集中。

　　室內的沉默一直延長下去。他憋著的一口氣終於放了出來，打了個深長的呵欠，因為剛才是他太太說話，沒關係。

對荀先生來說，婚姻就是妻子說話他可以睡。荀太太第一次講釘梢，他就睡著了。第二次講，他又瞌睡。這並不代表他不愛妻子。他爸爸講話，他還不是「嗳呀，那好睡呀」？妻子當著伍家母女面損他：「去年年三十晚上不該吃白魚」，他也沒在聽。這種漫不經心，就是婚姻的安全感。

苑梅卻沒領教過這種安全感。尤其甚者，婚姻根本是推翻她一直以來的安全感。張愛玲為定版增補的兩千多字，有五分之一正是凸顯這一點。苑梅婚前以為結婚就是兩人廝守，沒想到丈夫突然有機會出國留學。如果當初不急著結婚，父親還可以送她出國。但結婚了，她就喪失花父親錢的權利。無法出國，必須跟丈夫分開，一人在婆家住不下去，只好回娘家住。

苑梅觀點第五次插入，正是強化她婚前婚後的處境落差，這段文字是描述飯桌上的古董玉牌：

> 苑梅見了，不由得想起她從前等吃飯的時候，常拿筷子去噠噠噠打玉牌，催請鈴聲召集不到的人，故意讓她母親發急。父親在家是不敢的，雖然就疼她一個人，回家是來尋事吵鬧的。

這段告訴我們：苑梅小時候，母親就已經失歡，她卻是父親的小公主，結婚後才失去小公主的地位。

第二次插入苑梅觀點是定版才加，正是要凸顯苑梅回娘家住的尷尬。荀太太說荀先生借錢給妹夫，中間頓一頓，苑梅就猜，是不是自己在場，讓荀太太有顧忌：

她知道荀太太知道她母親為了她結婚的事夾在中間受了多少氣，自然怪她，雖然不形之於色。同時荀太太又覺得她看不起她。子女往往看不得家裡經常賙濟的親戚，尤其是母親還跟她這麼好。苑梅想到：「其實我就是看不起名聲地位，才弄得這樣，她哪懂？」反正儘可能的對她表示親熱點。

細看前後文，荀太太開口前的沉默，顧忌的對象根本不是苑梅。伍太太接濟的對象是荀太太，荀太太要透露荀先生把錢拿去借給自家人，當然要先拿捏伍太太心裡作何感想。

荀太太再訴苦下去：「紹甫一說『我們混著也就混過去了』，我聽著就有氣。」這裡伍太太就明白了，這段話是說給她聽的。因為荀先生那句「我們混著也就混過去了」曾經當著伍太太說。荀先生那樣說時，荀太太一定是想：「這樣表姐難道不會以為我是故意裝窮，我家根本不需要接濟？」因此才會有今天這番表白。她要伍太太知道：「你接濟的錢被我先生拿去借給他們家，當然你生氣，但我更氣，因為他連我的首飾都典當了。」

伍太太此時，只笑著應一句「他現在不是很好嗎」而已，可見她對荀太太何等體貼。她希望荀太太別放心上。

苑梅卻沒聽出這些，只把荀太太當作自卑的窮親戚，想說她經常受伍太太接濟，因此一定覺得苑梅看不起她。以張愛玲給的線索來看，苑梅是想太多了。她去荀家送信，「荀太太笑嘻嘻迎接著，態度非常自然大方」，根本不像自卑的窮親戚。

而且，說此時荀太太會感到被苑梅看不起，也是很奇怪的事。婚後苑梅不就跟荀太太一樣，也是貴小姐落入凡塵？兩人出嫁後，都因為不快樂而開始抽菸。荀太太是因為北京的婆家沒抽水馬桶，苑梅則是「最近悶的才抽上的」。照理，荀太太此時看苑梅，應是同類相憐才對。

小說中不只一處，張愛玲都讓讀者知道荀太太目前處境比苑梅好。例如，荀太太有伍太太這個傾訴對象，苑梅卻「受了氣也不說，要強」，其實是無處可說。小說中兩人還有一點相似，就是找工作的尷尬。苑梅在先生出國後，「想出去找個事做，免得成天沒事幹，中學畢業生能做的事，婆家通不過，他們面子上下不來。」類似問題荀太太也正在盤算：「她避免說找事，找事總像是辦公室的事。她就會做菜。出去給人家做飯，總像是幫傭，給兒子女兒丟臉。開小館子沒本錢，借錢又蝕不起，不能拿人家的錢去碰運氣。」兩段文字描述相同的窘態，只是這對苑梅是眼前，對荀太太來說卻是遙遠的未來。

這是張愛玲的意在言外：苑梅的先生出國留學，差不多等於荀太太將來守寡。可見苑梅目前處境比荀太太還慘。

如果是這樣，苑梅何必想：「其實我就是看不起名聲地位，才弄得這樣，她哪懂？」這話顯示貴小姐雖落入凡塵，卻依舊心態不改。她假設荀太太具有窮親戚的自卑，是因為自己還抱著富親戚的自傲。她曾經「家裡有錢所以不重視錢」，這跟「看不起名聲地位」根本是兩回事。她正是享受慣了錢財帶來的名聲地位，才會帶著優越意識看荀太太，無感於自己狀況其實更慘。

分析至此就明白了：小說結尾那句「她們倆是無望了」其實是凸顯苑梅的缺乏自知之明，而非兩位太太真有什麼「絕望處境」。苑梅聽故事的能力顯然不及格。

既然〈相見歡〉表面寫的是三個女人的婚姻，骨子裡卻是一則關於聽故事的故事，我們可以說它是後設小說。所謂後設小說，就是探討小說的寫作、閱讀或形式的小說。小說閱讀的本質，正無異於聽故事。張愛玲是透過伍家母女對同一故事的不同反應，探討讀者面對小說作品經常有的疏忽與盲點。

釘梢當然是伍太太有點憎惡的故事，憎惡雖有大到讓她忘了聽過，卻沒讓她不想聽下去，所以她問：「是個什麼樣的人？」她享受聽荀太太講故事的興趣畢竟大於她對故事本身的憎惡。又，因為荀太太在她眼中一點都不老，因此她完全沒聽出故事的重點是婉小姐。荀太太是想炫耀，我比我小姑老，小兵釘梢的竟是我。

但是，真正的壞讀者卻是苑梅，儘管她有聽出重點是婉小姐。她不解荀太太幹麼幾個月就再講一次釘梢的事，就跳到「她們倆是無望了」這個結論。苑梅會這樣高高在上，是因為她本來就「帶點惜老憐貧的意味」在旁聽。有趣的是，張愛玲讀過亦舒與水晶嫌棄〈相見歡〉的文字，反應亦是受不了年輕人的憐老意識。在給宋淇夫婦的信中，她寫道：「中國人對老的觀念太落後，尤其是想取而代之的後輩文人。顏元叔稱徐復觀老先生，我都覺得刺目。」

這些後輩的自傲兼缺乏自知，苑梅身上都看得到。但張愛玲顯然覺得還不夠，因此在收入《惘然記》的〈相見歡〉定版中，她為苑梅又添了五字形容：「就是不用功」。其他添寫都是整段整段，只有這五字是插入原來段落。〈相見歡〉為張愛玲帶來羞辱，當然讓她有些情緒。「就是不用功」五字，應該就是她對所有壞讀者的回敬。

後記

本書最早的一篇是〈翻譯苦樂〉。一九九五年我獲得梁實秋翻譯獎譯詩類佳作，需要一篇五百字得獎感言，就仿陳元素〈作客苦樂〉寫成這篇。在美國念書期間，我曾翻爛一本人人文庫版朱劍心編的《晚明小品選注》，〈作客苦樂〉是在這本讀到的。

第二早是二〇〇一年九月寫成的〈從雷峰塔到摩天樓〉。這篇寫的是九一一，卻從雷峰塔寫起，後來跳到科比意，然後跳到愚公，思緒游移相當隨興，模仿的是蒙田。當時我已賦閒在家半年，還不知未來要幹麼。可能是抱定信念不想憂慮前程，才會在風雲變色之際敲鍵盤練習文筆。

二〇〇三年我已有自己的出版事業，寫作純是餘興，我持續我的風格探索。羅蘭．巴特〈艾菲爾鐵塔〉一直是我很喜歡的散文。初讀當然每一段都遇到推理上的驚喜，讀第二遍以後這種驚喜不再，卻還是可感受到詩意美，還有哲思美。我期許自己也能寫出這樣晶瑩剔透的思考文，因此寫出〈棒球靈魂學〉。

這次出書，以上三篇幾乎沒有更動，在書中算是例外。

近十年我有了專欄，有意識的風格探索就不可能了。專欄作者的宿命就是寫寫寫，「死線」前一定要趕出稿子。但寫寫寫絕對是練筆的最佳方式。練多年下來，這次出書做整理，我發現許多舊稿已達不到我的標準。有的做了增補刪修，有的扔一邊準備將來重寫。

最晚一篇是今年九月寫成的〈後設小說〈相見歡〉〉。三年前發表〈張愛玲一題三寫〉後，邁克在香港《蘋果日報》專欄誇我寫得真好，篇名套用白流蘇名言「肚裡的蛔蟲」，這肚是張愛玲的肚，蛔蟲就是我。我信以為真，真以為我已把張愛玲最晦澀的作品讀透。沒想到今夏為〈一題三寫〉作訂正時，重讀〈相見歡〉，才發現自己一直沒抓到小說重點。小說重點就是壞讀者，竟然我也是壞讀者。那驚嚇，就好像考卷交出去信心滿滿，以為鐵定滿分，發回來卻不及格一樣。

從今以後，我已不敢再自以為有讀透任何作品。

INK PUBLISHING

文學叢書 472

向康德學習請客吃飯

作　　者　顏擇雅
總 編 輯　初安民
責任編輯　陳健瑜　陳淑美
美術編輯　黃昶憲
校　　對　吳美滿　陳健瑜　顏擇雅

發 行 人　張書銘
出　　版　INK 印刻文學生活雜誌出版股份有限公司
新北市中和區建一路 249 號 8 樓
電　　話　02-22281626
傳　　真　02-22281598
e-mail　ink.book@msa.hinet.net
網　　址　舒讀網 http://www.sudu.cc

法律顧問　巨鼎博達法律事務所
施竣中律師
總 經 銷　成陽出版股份有限公司
電　　話　03-3589000（代表號）
傳　　真　03-3556521
郵政劃撥　19785090　印刻文學生活雜誌出版股份有限公司
印　　刷　海王印刷事業股份有限公司

港澳總經銷　泛華發行代理有限公司
地　　址　香港新界將軍澳工業邨駿昌街 7 號 2 樓
電　　話　852-27982220
傳　　真　852-31813973
網　　址　www.gccd.com.hk

出版日期　2016年 1 月　初版
2019年 1 月5日　初版六刷
ISBN　978-986-387-072-2
定　價　280元

國家圖書館出版品預行編目資料

向康德學習請客吃飯／顏擇雅 著；
--初版,--新北市中和區：INK印刻文學,
2016.01　面；公分（文學叢書；472）
ISBN 978-986-387-072-2（平裝）

855　　104025865